橙色的爱 细节

ORANGE LOVE : DETAILS

张乐天 ◉ 编

墙上钉的大小钉子，特别是所有带钩的钉子都是我花钱在洪林铁匠店打的，全部带来，还有铁钩子（上海无铁匠），也要带来。

天津出版传媒集团

天津人民出版社

图书在版编目（ＣＩＰ）数据

橙色的爱：细节 / 张乐天编. -- 天津：天津人民
出版社, 2017.3
　（民间书信里的中华美德 / 张乐天主编. 永不消逝
的爱）
　ISBN 978-7-201-11564-1

Ⅰ.①橙… Ⅱ.①张… Ⅲ.①书信集－中国－当代
Ⅳ.①I267.5

中国版本图书馆 CIP 数据核字（2017）第 068650 号

橙色的爱：细节
CHENGSE DE AI XIJIE

出　　版	天津人民出版社	
出 版 人	黄　沛	
地　　址	天津市和平区西康路35号康岳大厦	
邮政编码	300051	
邮购电话	（022）23332469	
网　　址	http://www.tjrmcbs.com	
电子信箱	tjrmcbs@126.com	

策划编辑	王　康
责任编辑	郑　玥
特约编辑	王　倩
装帧设计	明轩文化

印　　刷	天津新华二印刷有限公司
经　　销	新华书店
开　　本	880×1230毫米　1/32
印　　张	5.5
插　　页	2
字　　数	50千字
版次印次	2017年3月第1版　2017年3月第1次印刷
定　　价	29.00元

出 版 说 明

　　"民间书信里的中华美德"是复旦大学当代中国社会生活资料中心与我社合作出版的一套丛书,"永不消逝的爱"系列作为此套丛书的开篇之作,所有参编的复旦学人和出版社同仁对此都倾注了极大的热情。

　　"永不消逝的爱"系列包含五本,分别为《蓝色的爱:真诚》《粉红色的爱:浪漫》《橙色的爱:细节》《灰色的爱:争吵》《玫瑰色的爱:激情》。这五本书分别由六组民间书信构成(其中《橙色的爱:细节》收录了两组书信),书信往来的主人公均为夫妻,在通信条件极为受限的情况下,他们通过书信沟通生活近况、倾诉爱慕之情、排解相思之苦。

　　这些书信内容是复旦大学当代中国社会生活资料中心张乐天教授收集、整理的,并由该中心工作人员制成电子文本提供给我社。我们在编辑的过程中,根据书稿内容进行了下列处理,先告知广大读者,以便于更好地阅读此书。

1.书中的"＊"表示在该篇书信的最后会配有对应的图片。

2.考虑到有些书信语言具有地方特色或时代背景,编辑就此添加了注释,以便于读者理解或延伸阅读。

3.由于很多书信时间不详,我们根据书信内容进行了推理,并按照时间顺序进行排列。当个别信件时间不详也难以推测时,我们用××表示信件的日期。

在此,感谢复旦大学当代中国社会生活资料中心的老师们提供书稿、张乐天教授的全程配合、华东师范大学杨奎松教授的关心与指点。这是在大家的全力配合下,"民间书信里的中华美德·永不消逝的爱"系列才得以最终呈现给广大读者。我们希望通过这种形式,让对那些年代仍有记忆的人们借此抚今追昔,让年轻一代了解长辈们的生活经历,同时也唤起人们对当下美好生活的向往与珍惜。

"爱"是人类永恒的主题,也是本丛书所要体现的主旨,在平凡人的书信中,"爱"同样被展现得淋漓尽致。"民间书信里的中华美德"其他系列也将陆续面世,敬请广大读者继续关注与支持。当然,我们的工作难免有疏漏之处,欢迎读者批评指正,也请不吝赐教。

序

茫茫苍穹，漫漫岁月，在亿万可能与不可能的奇妙交织中，地球上神秘地孕育了最美丽、智慧的生灵人类。人类是宇宙中最幸运的存在。相辅相成，人类却一开始就似乎与苦难同在。战争、杀戮、灾害几乎成为创世记故事的主调，疾病、饥饿、痛苦、烦恼、焦虑一直是生活的常态，法国当代著名社会学家皮埃尔·布尔迪厄看清了人类的生存状态，写下人生最后一部著作——《苦难的世界》。

也许，人类真的犯有原罪，以至于不得不一代代历经磨难去赎那永远赎不清的罪！但亚当夏娃的故事更隐含着人类得以世代繁衍、生生不息的真谛，那就是内生于两性之间、存在于人与人之间的爱。

爱是无奈的，永远不可能摆脱经济、政治、社会、文化的纠缠；爱的表达总是打着时代的烙印。在中国，爱曾经被政治所侵蚀，更被阶级斗争搞得面目全非；后来，汹涌澎湃的消费主义大潮更在人们不经意间吞噬着人们心中最宝贵的情感。因此，今天我们需要做些工作，唤醒人们更多心中的爱；这就是本套小书的使命。

　　我们提供六套20世纪50至80年代普通中国人的爱情信。这些信受到时代的影响，但凌厉的政治运动、触及灵魂的思想改造都不可能遏制爱的流淌。这些信有着鲜明的个体特征，每个个体都以自己的方式呈现爱的内容。六套书信展现不同视角的爱，色彩斑斓，内涵丰富，给人启迪，发人深省。

　　这些信会把年长者带回到那些激情燃烧的、充满恐惧的或者无可奈何的场景。或许，这些信会令年长者回想起月光下的相思、油灯下的书写、左右为难的纠结、等信的焦虑、读信的泪花；逝者如斯，青春期的爱将重新滋润年长者的心田，令他们流连、陶醉。

　　这些信会把年轻人带进那个深奥复杂、神秘莫测的祖辈、父辈们的心灵世界，让年轻人有机会在书信空间中与先辈们进行面对面的交流。或许，年轻人会被先辈们的革命热情与奉献精神所感动，被先辈们各具特色的爱的表达所吸引。岁月茫茫，一旦汲取书信中爱的养料，年轻人前行的脚步将更加稳健。

　　朋友，打开那些书信吧。慢慢地阅读，细细地品味。有所思，有所悟，必有所得。让书信中隐藏着的爱意流进你的心、我的心、他的心、众人的心，世世代代，永不消逝！

本册包含两组书信。一组介绍的是20世纪80年代中期两位上海年轻人之间的爱情书信，另一组介绍的是两位70岁左右的老人，即将从安徽劳改农场返回上海的通信。

这两组书信把我们带回到20世纪80年代普通中国人的日常生活中，恍如隔世。他们的一些想法做法让当下的年轻人百思不解，徐爱国竟然叫女朋友在寄杂志时夹带卫生纸，为的只是每月可以省下购买卫生纸的0.2～0.3元钱。为了在上海安家，素音让丈夫把安徽"墙上钉的大小钉子"都拔下来带回上海，因为很多钉子都是"我花钱在洪林铁匠店打的"。当然这两组书信最引人注目的特点是对于细节的高度关注，特别是第一组书信里那个上海男青年，他如此的细心、细腻，比恋人自己还要关心女人身体的变化！他真是一个活生生的"上海暖男"。

关注细节是爱的表达吗？是爱所应当具有的内涵吗？有人给出的答案是否定的，日常生活中有许多恋人、夫妻"为了一点点小事"吵得昏天黑地，但是我们这两组书信的主人公却显然给出了肯定的回答。为什么？两组书信中蕴含着答案。我们可以看到双方对于对方身体状态的关怀、关心、关注与无微不至的呵护；看到带着尊重、敬重的心态与对方商量、讨论日常生活中的具体问题；看到恰如其分地提出行为方式的意见与建议；如此等等。我们可以从这两组书信里感受到爱情的温暖,温暖来自何方?来自那——

　　橙色的爱:细节。

张乐天
2016年10月10日

目 录

青年夫妇书信往来

1984 年

3 月 24 日
4 月 1 日
4 月 15 日
5 月 6 日
5 月 10 日
5 月 18 日
5 月 31 日
6 月 7 日
6 月 13 日
6 月 17 日
6 月 18 日(1)
6 月 18 日(2)
10 月 19 日
10 月 31 日
11 月 2 日
11 月 4 日
11 月 9 日
11 月 11 日
11 月 13 日
11 月 15 日
11 月 18 日

11月20日

1985年

1986年

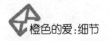

1984年3月24日

亲爱的爱国:

　　您好!

　　昨天中午收到您的来信,信中内容熟知,放心,不知您近来回队后身体怎么样?望您能保重自己的身体,有什么不舒服的要去看医生,晓得哦!

　　爱国:自从您18日走后,不知怎么的,心里好像总是不太舒服,就像失去了一样宝贝似的,尤其是我平常总喜欢在车上打瞌睡的,近来也不知怎么的,上了厂车后,想睡也睡不着,头痛得发烧,眼睛一闭下来就想起了您,再这样下去,将会使人生病,我现在真正地尝到了相聚之后分离之苦的滋味。爱国,这个日子要熬到几时才可结束啊!我真不敢想象,所以我想您能回来还是早点回来吧,要不然,今后该怎么办?

要建立一个家庭是少不了女人，也少不了男人，这是不可缺一的，否则还像个家庭吗？爱国，您讲呢？反过来现在这样，有可能对将来有一定的好处，所以我现在只有求之于将来了。好！写到此吧，马上就要下班了，还有第三期的《电子世界》①已发刊，我准备过两天寄给您。好，有话下次再谈，我们现在只能写信来相互交谈了。

祝：身体健康！快乐！

您的友：慧敏

1984年3月24日下午3：50

---

① 《电子世界》杂志创刊于1979年，发刊至今，读者对象包括各电子领域专家学者、各大专院校师生和行业主管部门领导及电子行业的企业家，内容覆盖了半导体、计算机、通信等电子信息科学技术的所有领域。因其学术性、权威性、系统性、前瞻性而广受业界人士关注。

1984年4月1日

亲爱的徐爱国:

　　您好!

　　星期五收到您一封挂号信,信中的内容均悉,邮票也收到,望放心。

　　近来我们这里天气有时很热,有时很冷,又下雨,这样很容易使人生病,不知近来你们那里天气转暖了哦,望能当心自己身体!不要一热就脱衣,我这里自己会照顾好自己的,在这点上,我看女同志要比男同志懂得多,你讲呢?所以您也不要为我多考虑。上星期四我去您家了,电子琴已买好,价格是7元多,音色还可以,或许就像上次我与您到那店去看到的无线电琴差不多,所以望您能放心。桂英探亲还未回来,可能还要过两天,美丽已回来了[她是和父母前几天到乡下去上坟(4月5日清明节)一同回来的],讲了一口乡下话,她也比以前懂事多了,今天是星期天早上,我替她穿衣时,她问我:"侬阿舅今朝来哦?"侬看她有多懂,还分得清侬、我、他。我一想,侬这个阿舅几时才能回来啊,回来了,又可以住几天呢?所以我想,目前您是不可能回来,只有等到明年您部队执行军衔后,才有可能回来,但这也要碰天福,您讲是哦!这次我们厂里卖国库券,是按照每人工资的40%卖,分小组完成,你不买别人就要多买。完不成,加工资的补发工资不发,所以这次我厂超额完成。我这次买了5元,不买不太好,只好意思意思买一点儿,因此这次工资我没有加,这是我的一大损失。如书不读,这次就应当加了。买国库券5元,我现定在7月份扣,所以我想这几个月如果您钱紧的话,钱就不要寄来了。前几天我这里发了10元5角奖金,是1月、2月份的。还有胶卷现准备寄出去印,钱还没有算,想印好以后再算吧。

还有这套书《巴黎的秘密》①共有三本,先寄去一本,还有两本过几天再寄来。上次寄去的信和《电子世界》不知您收到了吗？望来信告诉。好,今写到这里,下次再谈。

祝安康如意。

附:本来是星期天就可以寄出的,后来由于要寄书的袋袋太小,只好等到星期一到厂再换个大一点儿的。但由于星期一晚上下班后,要赶回去吃饭,然后读书,所以星期一没有来得及寄出,那只好今天下班后寄了,望您能多多原谅。

您的友:慧敏

1984年4月1日下午4:30

---

① 《巴黎的秘密》*,法国19世纪著名小说家欧仁·苏的作品。这部小说描写德国封建王公的儿子鲁道夫同一个英国没落贵族女子相爱,生下一个女儿。后来妇方改嫁,把女孩给公证人抚养,以后这女孩就下落不明了。鲁道夫为寻访女儿,周游世界,在巴黎下层社会乔装巡行,进行拯救"堕落灵魂"的道德感化事业。最后他发现妓女玛丽花就是他的亲生女儿,他把她救出火坑,带回德国。在鲁道夫的感化下,玛丽花终于皈依上帝,进了修道院并死在那里。作品中描写了上流社会、贫民窟、黑社会等生活领域的内幕和"秘密",反映了19世纪三四十年代巴黎的社会生活。作者以同情态度描绘的穷人生活,具有很强的揭露性。

*《巴黎的秘密》

1984年4月15日

附: 关于做圆凳或椭圆凳之事我再和小哥哥他们说说,问问会不会做,若会做就按照您的意思办。另外, 有空打个电话给我家说让人带来的炒麦粉和酱已收到。真好,在写这封信之前这人给送到我这里来了。这个人是我们一个新村里的。

亲爱的慧敏:

您好!

不知近来的工作忙吗?一切情况如往常吧?我这次出差一共是六天。上星期一(七号)到昨天中午回来的。这次去,事办得还较顺利,一切交接手续办的还是很快的。由于上面领导不让把车开回来,故只能让火车帮托运回部队。是上星期六下午上火车,到星期天中午才开回来。因为铁路上把军用车变为重点车，一路上还是优先先行的。总的来说这次出差还是挺圆满的，回来后领导也挺满意的。这次从经济上来说还是可以的。走之前问财务借了四十元钱，回来后报销加补贴一起算起来正好收支平衡，还猜做多了几块钱。在沈阳我正好看有瓷器的狗，我买了两只。因为我们俩都属狗嘛，在上海也曾听您这样说过。但不幸的是回来后打开一看有一只有点碰坏，我想想办法把它粘一粘看看。从价钱上来看还可以，是次品，每只只有1.04元，把这点钱加进去，报销完以后也正好，故我说还猜做多了几块。

您四月七日寄来的信是我回到部队收到的，四月十日写的信是今天早上收到的，信中一切内容尽详，望您放心。我在招待所写给您的信不知收到了吧？

关于做家具之事，现已定下来做，有些事那只有让您来办了。关于式样问题，我听建林讲一千五百块一套的好，我想星期天您是否也能出去看一趟，当然

我要在上海就好办了。式样的事,我想能让您满意就行,故您综合一下各方面的式样,然后若小王来我家,与他定好个日期您看看也行。四月十日我爸给我来了一封信,简要地说了他们的意思,只有一张纸。大概意思和您的来信一致,同意我的想法及要求。过几天我再给小帆和胜利他们去一封信,恳请他们的帮助,并叫他们在做的过程中多多关照。其他一些决定性的方面由您来决定办了。

这次中央党委已下发文件,决定对军队每个干部加七块钱。前封信告诉您时,只不过是听说,现在是文件已下来。从五月份开始补,这样以后就能拿到76块了。现在我们这个部队,又自己规定再对每个干部加5块,类似地方工人奖金似的。这样加在一起,以后在经济上就可宽松一点儿了。敏敏,您说是哦!这七块钱相当于您加的工资吧,因为您这次没加上工资,我加也一样。只有这样自己来安慰自己了。您上次夹在信里的两块钱我也收到了。您也别为我担忧,因为我在这里确实也没啥好用的，机场里也没啥好买的。我主要想的是您在上海经常口袋里没钱要比我在这里难受，因为我也知道您现在也是很节俭的。故我是这样想的，哪怕我自己不用也得保证每月给您五块。对于您来说"不好意思"，慧敏我想您这样说就有点见外了，现在我们这样的情况还有什么不好意思。这只能说明我们的爱是牢固的，我想也就这样互敬互爱、互相关心，才会使我们的爱情之花永远开放。

关于结婚证之事，我上次去信您看后，来信说怎么又在九十月份呢？我是这样设想的，因为今年九十月份能否有出差机会现在还不能肯定，否则又说实在不行请假回来。情况是这样的，因为部队有这样的规定，结婚后爱人不来队探亲，在军人探亲一个月后基本上再多加半个月，故我想今年能把我们的结婚证开出来，就证明我们已经结婚了。当然了，您今年也不会来我这里的，故明年我就又多半个月的假。若明年您还不来就算一个月再加上我一个月的探亲

假,总共可有两个月。若有得带公差就可两个多月。这样明年若结婚从时间上来说我们就可以长一点儿时间了。若要出去玩和有啥还需要筹办的活,这样时间上能充裕一点儿,敏敏您说是吗?对于说今年开结婚证到明年正式结婚还有一年,时间是长了一点儿,但我想也不可能会有啥约束不了自己的地方。您这样考虑也是有道理的,因为难免有冲动的时候,我想只要我们有理智约束,这些还是能抑制住的。敏敏,您说对哦?您若不同意我这样做,那我就只有往后一往后了,但我想先和组织上说一下若要发生了啥事,先让他们办完,等我以后回家再去开证明也行。现在听从您的意见,您若同意这样办,那我就想办法争取今年九十月份回家一趟,没有出差,请假也回来。若您不同意这样办,那有出差就回来,没有出差那也就不请事假回来了,您看如何?

至于您来信说,叫我慎重考虑一下,如以后工作会不会分到郊区,会不会后悔之类的。敏敏,我想这些话已不是我们刚谈朋友或者以前不懂事，好像今天突然懂事再涉及的事。就像若我问您现在找我这样一个当兵的后悔吗似的，我想这已经不该再问的，因为我们当初都已有相当的考虑才做的抉择，才以至于发展到今天的关系，难道还为了会不会以后分到郊区工作而后悔我们的姻缘是不对的。我想这样的事不会也不可能会的，因为感情不是一朝一夕可能建立的，而是在相当一定的时间和一定的基础上发展起来，难道我们为了一些区区小事而不结为终身伴侣？在感情上将忍受怎样的压抑，我想您也会回答得出的。当然了您问问我，也是有您一定的道理的，因为在结婚前这些事是应该考虑到，但我想这些事我是在考虑成熟后才向您提出这一要求的，也绝不会轻举妄动。敏敏，您说对哦？

敏敏，您说关于买邮票之事，我想集邮也是一种爱好，当然在经济允许的情况下捎弄一点儿。我是这样想的，一个月我拿出两块钱买邮票，因为一个月也

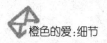

最多只会发行两套,以前出的也不会去弄了,从现在开始集起。当然很贵的邮票我也是不会去买的,因为我们俩现在经济所处的时期是比较困难的阶段,因为都想早早把我们俩的终身大事办完。故我也不会花太多的钱去买。有便宜的买一些,这样一是作为我们俩的业余爱好。二也是一种小小的资产,因为它毕竟也是钱,若以后不要按原价卖出去我想还是会有人要的吧。三是若以后留给下一代也是一种传家宝。我想还是挺有意义的,现在小华这里他办了三个集邮证,一般有啥邮票他也会给我弄一套的。这次夹寄上月发行的《伯鸦时》一方联,望查收。

说来也快,我们分离快两个月了,这两个月对我来说是漫长的,无时无刻不惦记着远方的您。确实我现在是把精神支柱寄托在您的身上了,只要一见到您的来信,我心里就有说不出的一种感觉,家里的来信已不对我产生什么作用了。当然了,现在他们也很少给我来信了,故只有一周盼一次您的信。望能按时给我来信。

近来这里天已转暖，大约有23℃~25℃左右吧，总体近来很好，不用担心，出差回来一切如此没有啥变化。好，最后希望您能够保重身体，读书尽力而行。这次您的考试成绩我看还可以的，因为业余的可以达到这成绩是不错了。好好准备下次再读吧！

祝安康如意。

您的伴侣：爱国

1984年4月15日

这封信有两页是昨天下课回寝室写的，写完睡觉了，后两页是今天上午写的。

1984年5月6日

亲爱的徐爱国:

　　您好!

　　4月24日中午写的和4月30日晚上11:45写的信全收到,信中内容尽详,放心。我于4月27日发出的《电子世界》和《青年一代》①已收到了吧? 望来信告诉。

　　这次我5月1日去您家了,家中一切都很好,望您放心。上次您寄到家里的一封信,他们也给我看了,关于您在信中所提的要求及想法,他们没有什么意见,就是说想做就做吧。但近来他们也没有空给您去信,叫我写信时,带他们写一笔,总的就按照您的要求去做,现在大致定了5月底或6月初做,具体啥晨光②他

----

①　《青年一代》创刊于1979年,它凭借深厚的海派文化的底蕴成为那个时代的同类刊物的风向标。该杂志主要为青年思想教育刊物。刊载文章联系青年思想实际,融思想性、知识性、趣味性于一体的文章,内容生动,可读性强。

②　上海方言:意思是什么时候。

们还会通知我，反正到时我只好听从您的意思，调休几天，但这也是理所当然的了，您讲对哦。关于凳子，那天也提起此事，当时我就把您的想法给他们讲了，他们也同意了您的想法，到时就去买那种电镀可折叠的金属凳。但我想，如果木料有多，木匠会做圆或椭圆的凳的话，那就叫他们做4个，这样也比较好看，如果有一样不行的话，那就算了，到时就去买折叠凳，您讲呢？反正到时再讲，关于式样问题，您讲按小赵姐那一套做，现在我也没有看到那套的式样如何。听建林讲，现在市场上一千五百元那套式样最好，这我也没有看见过，也没有空出去看，这样您在沪看好就好了。

小陈、胜利，他们接到信后，就到您家去了，木匠也来看过木料，现在木料基本不缺，就缺几块三层板和木屑板，胜利已答应代买。从目前看，事情办得还顺利，望您放心，到时我会尽力办好。

4月30日挂号信中的国库券15块、5块钱及邮票

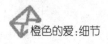

三套全部收到。从您信中看出,这个月您没有留零用钱吧,这件事我心中非常难过。我知道您对我的爱,您是个好人,我也非常念着您。

为了早日把我们的事办成,在生活上都比较节俭,但这次您这样做,是否有点过分了。您一人在外,可没有一点儿钱,可能碰到啥事需要用钱,该怎么办?这样吧,下次您没有钱您就不要寄钱来了,这样我拿了也不开心,没有别的意思,我知道您的为人,您是处处在关心我、想着我,而自己一点儿都不想着自己,我真有点不好意思了。您现在是真正地尝到了无钱的苦啊,这些您是不会对我讲的,所以我想您下次无钱也就不要寄来了,晓得哦! 今在信里夹两块钱给您,望不要见怪,下次可不要这样做了,否则我要对您生气了。还有买邮票等,我想现在您是非常缺钱,下次不要再买了。不要看看没有几钿,①用起来也漫生②的,

---

① 上海方言:钿就是钱,几钿就是几个钱。

② 上海方言:意思是不经常使用。

所以下次不要买了。记牢了哟？还有您妈的50元钱已给我了，我准备这个月还给她。

这次期中考试，考得还可以，化学74分，数学71分，物理78分，近来学习总的也比较紧张，尤其化学，这次7月份要结业，所以平时测验比较多，但这也有一定的好处，否则平时就不大去看它了，您讲是哦。

近来不知你们那里天气已转热了哟，身体好哦，工作忙吧？望您能注意自己的身体，衣、食、住、行自己要慎重，晓得哦。上海天气昨天刚转热，但现在还是要穿一件羊毛衫，所以这里一切都很好。工作较忙，4月30日我还加了一天班，身体也蛮好，望能放心。好，今写到此地，留言下次再谈。

祝安康如意。

您的伴侣：慧敏

1984年5月6日晚10：00

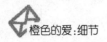

1984年5月10日

亲爱的徐爱国:

　　您好!

　　您5月5日发出的信我已收到，信中内容均悉，放心。不知您到沈阳了哦，去了路途怎样，没有出什么事吧?身体怎么样?很是挂念，我5月7日发出的信已收到了吧? 望能来信告知。

　　来信想说说关于开结婚证的事情，本来讲好是今年年底或明年年初您回沪探亲时去开的。这是因为您每次回沪探亲假只有20天，这样开好后可以多些假期，所以也就想早一点儿开好算了。现在您又想在九十月份请假回来开结婚证，我认为还是晚一点儿好。一方面有些方面可以约束自己，因为我们到结婚时间毕竟还早了哦。再讲对于有些方面还需要考虑一下(今后工作是否是分到郊区),不要因为向往家庭的生活而匆匆结了婚,结果遇到了现实后,再后悔那就来不及了,所以我想在开结婚证明之前,还是需要考虑一下。这不是在捉弄您的感情,而是真正的现实。以上是我个人的想法,供您参考,有些方面您认为怎样办好就办吧,如果您领导上要来审定,就让他们先审定吧!有些方面先办好后,再到以后您回沪去领证大概可以吧,这又不会过期作废。如果您今年有公差机会,那您就看着办吧。您有把握,今后不后悔,要领证也可以。这次我也没有跟我父母商量,我现在也不想提起这桩事,想以后有机会再提,和他们谈谈,您看好哦。

对于《青年一代》里的那篇文章,我与您有同样的理解,这正是我们虽然离得那么远,但想法还是一致的,说明了我们的相爱是建立在有着共同的语言、共同的看法上,您讲是哦。愿我们的爱像鲜花永远开

放。好,时间不早了,已11:00了,今就写到此时,留言
以后再谈。

祝安康如意。

您的伴侣:慧敏

1984年5月10日晚11:00

1984年5月18日

亲爱的徐爱国:

　　您好!

　　今天中午收到您的来信,信中的内容均悉,夹在信里的邮票也收到,上次在沈阳写的信也早已收到,望您放心。

　　今朝是您回部队正好两个月了吧!这两个月回过头来看看过得蛮快,但真的过起来确实很慢,尤其是您啰!部队的生活比较单调,所以是度日如年,这一点我是有点体会的,这我毕竟还算过过集体生活的!您讲是哦!

　　前天晚上我到您家去了(这天是给我科一位同事就是上次和您一同去过的送工资去,这样明天可不上班了),就顺便到您家去了一次,听您妈讲,小张已

来过了,已讲好几时木匠来做时,再约好到他家去看一次。所以望您放心,如果看了可以的话,就照他们的做,其他也不准备去看了,您讲好哟。

关于开结婚证等,我想您既然有这一打算还是可以的,我没有意见,就按照您的意思去做吧,反正早开晚开,今后总要开的,不如早点开好了,您以后回沪多一些时间。好吧,就这样办。但我父母那儿还没有讲起过,反正以后有机会就和他们谈谈,我想他们也不会不同意的。至于上次写信给您叫您再慎重考虑一下,这问题本来是不应该再提的,不像您信中所说的又不是刚刚才谈朋友,而现在我们已经是很好了的。但又一想,不知您记得哦,上次当您要回队的前几天,您曾经讲起过关于今后回来工作在何方,担忧今后工作是否要跟"妻子"两地分居了。当时我还开玩笑说您是否后悔了,您没有回应,我想您大概不好意思当面讲,所以当时我也就没有再讲下去。这次您提到要开结婚证明,我想这倒有必要再问您一

下，免得今后造成遗憾，所以也就写了这一信，看来
您是生气了。但我想您应该体谅我的意思，为了今后
大家不埋怨彼此，要处于两厢情愿。我想今后如果生活
再苦、工作再远，也不会有其他事情发生，因为当初
我们是经过再三考虑成熟后才结合的，没有半点虚
伪，爱国，您讲是哦？好！愿我们和和睦睦过日子，恩恩
爱爱到白头吧！用我们的心灵，来营造一个美满幸福
的家庭。

近来，我们这里工作较忙，六月底还要开新产品
鉴定会，这样要描的图就比较多。近阶段只有我一个
人，还有一个因怀孕，请病假了（一个多月了），看来
还要休病假下去。所以这样一来工作也会比较忙了，
但您放心，这我会尽力而行的。还有这次我们夜校要
结业一门化学，是安排在7月1日统考，所以这样一来
学习也会比较紧张了。以前落下的课，要抓紧补习，
再讲，我本来化学基础就不太好，因过去从未学过，
现在靠夜里的一点儿时间学起来是比较吃力的，所

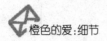

以这次统考我只有去试试看了，考得取就再好不过了，考不取只有下次有机会再去考。反正今后考的机会比较多，这次我会尽力而为去考的，所以望您放心。在考试方面我会照顾自己的。因为我们毕竟还年轻，您讲是哦？望您也一定当心身体，因为以后的路程还长着呢，是哦？这次寄来3张照片，这是上次我叫我同学印的，共印了10张，您有2张，您同学只印了1张，其余都是我自己的。还有没有印的，我准备回去印。好，今写到这里，留言下次再读。

祝安康如意。

您的伴侣:慧敏

1984年5月18日晚11:00

1984年5月31日

亲爱的慧敏：

您好！

我前几天寄出的信可能已收到了吧？您5月26日写的信，我是昨天收到的。信中内容均悉，望放心。

说老实话，那天听到广播说上海发生地震，我心里是很害怕的。因为毕竟不知道详细情况，到底发生了怎么样的地震，对上海造成的危害怎么样？故我心里一直吊着。因为有这一心理作用，是什么作用，我想您是知道。您来信说："如果再有，我想要死这也免不了。"看到这样的词句，真使我的汗毛都竖起来了，敏敏，您最好不要这样想，这可不是闹儿戏的。若以后还有的话，千万不要慌，要沉着，尽量减少不必要的损失，但我想您也不会做出您所说出现的那些笑

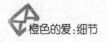

话之类的事。但愿老天能保佑我心爱的人和父母都平平安安!!!

今天是31日,工资刚发出来,一共发了81元。因为又加了12块,这次还剩下60块(除去寄给您5块,买饭票15块),本来是准备寄50块回去的,后来我们这里和我一起的一个干部,由于家里弟弟结婚要送彩礼,问我借了50块,这样这个月就不寄钱回家里了,等下个月一起寄回去吧,因为他答应下个月还给我。这次5块钱夹寄在此信内,望查收。

另外,关于彩卷的事,可能是您所说的原因,因为这卷胶卷装在照相机里时间太长了,前后有半个月左右了,故产生了这样的情况。这样吧,您和他们算钱也别太多了,看情况算,我想这点您会做好的吧。算来的钱加我这次5块钱,您看自己去买一双好一点儿的凉鞋,要么就买一双对付一年,明年等结婚时买一双好一点儿的。您看如何?因为明年九十月份结婚,我看还得穿凉鞋,结婚时总不能穿旧的鞋吧。

具体怎么样行事您看着办。

关于集邮的事，您没啥意见，那我这里就平时节省一点儿钱，保证每月新出的邮票都弄一套。因为确实集邮可陶冶一个人的情操，使人生能有一点儿乐趣，等我们将来年纪大了，看看也是很好的。因为我们的经济情况，只能集一些新出的邮票，因为没涨价。老邮票要集的话，那也得到我们结完婚以后再说了。

近来这里的天气也很反常，已连续两天下了冰雹，但都不大，气温一直在22℃~25℃之间徘徊，也上不去。我看电视上海现在已有30℃左右了，该穿衬衣了吧？

乡下娘舅不来三了①，我看顶多只有姆妈一个人回去，其他人是不会回去的。因为已这样了，去再多的人也是无济于事的，顶多再买点东西给他吃吃，也许像红卫，弄不好再也不会见到他了。我对这个娘舅

———————
① 上海方言，意思是快去世了。

的评价是做人太小气,另外对儿女没管教,以致年纪大有病连其子都不管,看养这样的儿子还有啥用。也许这样评价过分了,因为作为小辈不应说这些话,但这些话我只有对您说。所以说生儿育女是父母的职责,但管教儿女更是父母义不容辞的责任。我想在这点上,您也会和我有同样的看法吧?

当您收到我此信时,一定是星期天吧?我想您今天有空,能否把邮票整理一下,把J、T①票现有号码记下来,以备我心里有个数。但也许不能吧?因为星期天美丽不上托儿所,这样您就不好弄了,您看有机会的话,就整理一下。

近来我在这里身体、工作一切均正常。没啥事就

---

① 邮票:JT字头【J字头邮票】简称J票,纪念邮票,包括国家的大事、重要的节日和活动。1974年开始中国发行的纪念邮票统一采用汉语拼音"J"为志号,这种方式一直沿用到1991年。J票一共只有185套;同理,【T字头邮票】简称T票,特种邮票,包括科技、民族风俗、知名人物等。是从1974年发行的T1《体操》邮票起,至1991年T168《赈灾》邮票止,共发行了168套邮票。"JT"标记从1992年开始停用,原来邮票上的"中国人民邮政"也变成了"中国邮政"。作为中国邮票发行的一段珍贵的历史,JT邮票具有较高的欣赏、收藏及投资的价值。

看看信，再则就下下棋，练棋法。我现在想学棋法又没条件。我这个人是啥都想学，可就是啥都不精，没有持之以恒的精神。好，今写到此地，留念下次再读，望多多保重身体，代问爸妈及您全家一声好。

祝安康、如意。

您的伴侣：爱国

1984年5月31日

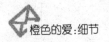

1984年6月7日

亲爱的慧敏:

　　您好!

　　不知近来身体好吗?工作忙吧?我今别于5月29日和31日寄去的两封信收到了吧?怎么迟迟到今天还没有收到您的回信,今天已是6月7日,算算您在星期天收到我的第二封信后,给我回信,到今天我也该收到您的回信了。到底是何缘故?我在沪曾好几次和您说过,望您能一星期给我来封信,哪怕是三言两语也行,我想这要求不高吧?主要是看见您的来信我心里就可少担忧一点儿,别看我人在外地,我的心是时刻惦记着上海,故望您按时给我来信,以免我牵挂。您能答应吗?

　　5月31日寄出的信内夹5块钱不知收到了吧?望

来信告知。

我以后定在每星期二给您去信，我想您也能否定在每星期二或星期四给我回信。因为星期二，您晚上不读书。我想写一封信顶多花一个小时吧？望您能做到，别叫我在这里一天天盼信而不见信，我心里是啥滋味。

今天奕寄新出版的 J102，一方联（是有胶面的）。

近来我在这里一切均好，工作照旧是老样子。前几天我将今年回沪结婚（开结婚证）的想法给领导谈了。领导说：看今年尽量能让我回沪出差一趟，实在不行就请事假回沪。我们领导对此事还是挺关心的。他们总认为我岁数大了，但在上海像我这样的岁数没结婚不是有的是吗？而在部队，尤其是这里像我这样的岁数没结婚的，他们认为太晚了。故我看今年是想法也得回沪一次，然后再把其他一些结婚用的东西准备准备，这样明年就可以减少一点儿麻烦了，时间上就可宽裕一点儿了。好！今就写到此吧，当收到此

信时又该是星期天了吧？祝假期愉快、如意。代问爸妈他们一声好（做家具的事现在怎么样了？我家也没给我来信）。

祝如意安康。

您的伴侣：爱国

1984年6月7日上午9:25

1984年6月13日

亲爱的徐爱国：

　　您好！

　　昨天收到您6月7日写的信，信中内容尽详，夹在信内的邮票和一张"新式发型选"也收到，望您放心。

　　我6月6日写的信已收到了吧？从您来信看出，您一直在等我的来信吧？要我定个时间给您写信，以免您的牵挂。徐爱国，是否近阶段不要定时间了，因为这个月要考试，再说厂里工作也比较忙，我想几时有空就几时给您来信，您也不要牵挂，具体以后再谈，您讲好哦。这次7月1日考化学，我想如果考不过，下学期不再读下去了，因为从目前的局势来看，如果这次考试后，高中毕业文凭没有拿到的，下次再考就要多一门政治，这样就有五门课了（政治、语文、数学、物

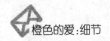

理、化学),所以我想我这样艰苦地再读书,不知要读到哪年哪月了。再说今后的局势还不知,说不定过一年后,又要再加门外语呢。所以我这次去考考看,考得过就再读下去,考不过那也就算了,您说呢?从我近阶段复习来看,好像无大的希望,因为有好多地方都不懂,都要重新学起,这样考试就比较困难了,您讲是哦?关于做家具的事,现在也无音信,具体啥时间做,您妈讲会打电话给我的,所以望您能放心。好!今写到此时,留言下次再谈。

祝安康如意。

您的伴侣:慧敏

1984年6月13日下午2:00

1984年6月17日

亲爱的慧敏:

　　您好!

　　您的来信于今天早上收到，信中得知您近来工作长，而且疲读书，又正处于临考试的前夕，故我非常担心您的身体能否接受得了。早上这么早就出去，晚上又这么晚才回来，对一个女同志来说确实是够辛苦的了。慧敏，您近阶段如果没啥事，那就不用再来信了，等您7月1日考完试后稍有空一点儿再写吧。慧敏，我等您的来信，但有一点就是担心您是否会有啥事。最担心的就是您在有些方面会硬撑，比如说有病也不请病假，故这一点我是比较担心的。

　　从您今天来信得知，我6月7日写的信您于12日才收到，本算好是该在10日星期天收到的，也不知在

哪里给耽误了两天。估计是因为我这封信写完是叫人带到市里去寄的，要么那人当天没有给投到邮局，过后再寄的，应该就是这样的，否则是不会耽误这么多天的。

关于您既读书，这次能否毕业，慧敏，我始终是这样想的，因为像您这样的情况，只有在量力而行的基础上来说了。因为白天上班，还要两个多小时路程上下班，这次能考好那当然是好事了，若考不好也不用愁，首先一点可以肯定，不管怎么说还是能学会一点儿东西的吧？当然喽，您现在的目的不是在于能否学会一点儿，而是想方设法能弄一张高中毕业文凭。慧敏，这东西不是急就能急得来的，故这次您也不要拼命上，首先要在注意身体的前提下，适当地"开点夜车"①，也不要天天弄得筋疲力尽，这点我想您自己会注意分寸的吧。另外现在天气渐渐地热起来，白

---

① 开夜车：为了工作或学习的需要而熬夜，连夜加班。

天也要比以前日长得多了，故晚上的睡眠时间一定要保证在12点左右，不能超过12点，否则时间一长您就会感觉头痛、浑身乏力。我现在是每天保证在10个小时左右睡眠时间，晚上睡8个小时，白天2个小时午觉，因为12个小时睡眠，对年轻的成年人来说，是必须得保证的，故请您保证做到。这些都是"养生之道"，作为我们年轻人，现在也许对这些都不在乎，听人家老年人讲讲，往往都是在年轻时不在乎，落下一身病的。所以我们现在年轻人就应该听人家老年人的话，从年轻时就注意，也许将来年纪大了，能使我们的身体不至于这里痛那里不舒服的，敏敏，你说是哦?

　　现在这里的天气，也已较热了，可穿衬衣了。今年就是这里下雨的天气比较多，今天又下了一天，估计还要下两三天。我从电视里看，今年热天上海的天气也不太好，也常下雨是吗?

　　这个月的中旬又发行了一套邮票《葛洲坝水利工程》，最近一阶段，我也没空去小华家，故也没有拿到

邮票，等我下次去拿到了后再寄给你。他现在共订了五套，他说保证每次给我一套。否则的话，我也不会下决心集邮的，因为有这条件就集，没有这条件，若每发行一套要我到邮局门前去候，我是不会去的，而且也没有时间。这次出的一套，还不知是多少钱。

上一个星期，基本上长于我们营里几个连队的考试，因为我们通信专业的规定每年要进行两次专业考试，我给他们出题，并监考，完了还改卷子，上个星期就做了这些事。

关于全国粮票的事，您看怎么办？上次来信说75斤，后又送了5斤（就是上次出差一个星期，节约了5斤），共80斤。加上您现在手边的粮票200斤，可能还缺一点儿，大概还缺10斤吧？我也记不清了，您看如何？

近来我在这里一切均好，望您能放心，最后我还要重复，您自己一定要多多保重，要量力而行。最后代我向爸妈问个好，以及您全家各位同声好。

橙色的爱:细节

这封信是躺在床上写的，写得很草，望原谅。

祝安康如意。

另：这封信上的邮票全是刘少奇，正好四封信，四张，这是一套。每封信上的邮票您都拿到了吧？

您的伴侣：爱国

1984年6月17日晚10:10

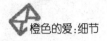

1984年6月18日（1）

亲爱的徐爱国：

　　您好！

　　6月10日写的信早已收到，信中的内容尽详，放心。

　　在14日上午您妈打电话给我，木匠13日已到，后来因木匠家中有事，回乡下去了，讲好20日前到。我14日、17日两次去了您家，14日这天顺便（因厂里发工资，给科里一位同事送工资去的，这样明天好不上班了）去了您家，一方面想通知具体做家具情况，17日去帮您家对面阿姨烫发。现在估计木匠20日前回来，不管怎么样，您妈叫我星期四再去一次，如果他们来了，这天就约好到您战友阿姐家去看家具。13日晚上，做家具的棚也搭好，这次徐一帆出了大力，手也磨出了泡。您爸是主力，您妈也帮了不少忙，星期天又重新加加牢，因做时，晚上徐一帆和一位木匠要睡在里面的。总之搭这一棚是很吃力的。这只有他们自己知道了，您讲是哦。

这两本杂志，在上次来信就该寄给您的，由于我借给我同学后，她好几天调休未来上班，等到至今她来了，才给您寄来，望原谅。这次我同学分到一间8平方米的房间，这样估计今年要办事，所以家里有几件还没有配好，这几天调休也在请木匠做，看来他们有了房子总该快乐哦。因为我师傅已是34岁的人了，您讲是哦。

关于全国粮票，就放在您那里，下次回来带回。近来和人调烧锅，4只要280斤全国粮票，上次我妈想帮我调的，后来由于有一只花样不一样，所以也就没调成。我现在调不调也无所谓，因现在也不急用，再讲今后这种东西可能要强①，所以我也不准备现在

① 上海方言，便宜的意思。

调,等今后再讲好了。今写到此时,望您保重身体。下次再谈。

祝安康如意。

您的伴侣:慧敏

1984年6月18日中午3:00

1984年6月18日（2）

慧敏：

　　您好！

　　今天是6月18日了，我们分离整整三个月了，虽说三个月对我来说好像是半年。是的，因为"独在异乡为异客，每逢佳节倍思亲"，所以总感觉这时间过得太慢了。现在该是"春风又绿江南岸，明月何时照我还"。从目前的趋势来看，部队明年实行军衔制，看来要在实行军衔制之前走的可能性不大了，因为这次我们这个单位只选一个老家伙（是1960年当兵的），还有两个老家伙没有，只有等他们走了以后才能轮到我，看来还得有几年时间啊。明年据说我们的服装要改换，我是那种戴大檐帽的军装，据说是明年"五一"节改，工资先不改，因为实行军衔制就恢复以前

50年代那样,部队的工资就要比地方的工人高。反正是再高,我们这些当兵的也不会感到满意的,因为这是部队的性质所决定的。由于都是夫妻两地生活,一年探亲两次,男的一次,女的一次,您说这钱能够用吗?你别看我现在杂七杂八加起来有81元,虽说比地方同年龄的工人要高,但我也不会满足的,因为每年回沪的开销也是不小的。据说改革后的工资可能要比现在还要高一点儿,具体就要到明年看了。

今再寄一方联J70,这是我从我单位里一个集邮人那里买过来的,现在已经涨价0.09元1张,听说外面要卖1角1张。不知怎么的,我现在对集邮特别感兴趣,不知您怎么样?

这次离沪您帮我买的盐津枣吃到今天只剩1袋了,平均1个月吃3袋,也就是10天吃1包,看来我吃的还是蛮节约的,敏敏,您说是哦?也许您会想这么大的人了还吃零食,不过像我这样烟酒又不沾,吃这点零

食,敏敏你也不会笑话我的吧?好,今天写到此,余言
下次再谈吧。望保重自己身体。

祝安康如意。

您的伴侣:爱国

1984年6月18日上午8:35

1984年10月19日

亲爱的慧敏:

您好!

我于17日晚上开车后一路上较顺利地到达了部队。所带的烟,路上也没遇到麻烦,一切望您放心。

今天早上的火车晚点了半个小时,是6:05到的,我们营里开了一辆车把我接回部队。说来也巧,这里就在昨天下了雪,所以今天早上一下火车,眼前就是一片白茫茫的景色,跟上海的气候相比,截然是两个天地。

慧敏,我在17日晚上火车开动后心里非常难受,再加上小陈说了一句,你心情是难受的,我当时眼泪一下子出来了,所以火车开出后,我头也没伸出来,心里的滋味别提有多难受了。在火车上的两个晚上也没睡着觉，眼睛一合上，您的身影就在我脑子里出现。慧敏，这样的日子但愿能早点结束，要不是为了将来，真的，我在这里一天也待不下去，说实在的，一下火车，我心里就凉了半截。

这次奉寄我在路上没用掉的两块钱，因为我一到这里就可不用钱了，我知道您这个月身上也只有一两块钱，故先给您这两块钱"活活血"，等以后再有了，再寄给您。

我不怕您讥笑说我没男子汉的勇气，不瞒您说，在写此信时又掉了几点眼泪，也许是一下子突然分离太伤感所引起的吧。

慧敏，这次您把调休全用完了，以后若有病，就请病假，迟到了就请事假，不要舍不得那几个钱，身体好是主要的，千万不能忽视这一点，晓得哦？

慧敏，我在这里再啰唆一遍，以免我牵挂。你一定要每周给我来封信，因为我只要一见到您的来信，我心里就放心多了，同时有啥事要及时来信，有些事虽

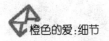

然我解决不了,但我心里也可有个数,我能解决的事情,那当然更好了,你说是哦?

另外,最好每天晚上九点钟睡觉,保持一定的睡眠时间,前一阶段您被我拖得筋疲力尽,有时从良心上来讲,我也觉得是很过意不去的,就拿您那"老朋友"来,我还拖着您出去。但反过来想,我又不总在上海,回来一趟,嗯,时间很宝贵,所以我在这方面考虑欠周到,望您能谅解。

还有前面您可能看到我心情不太好,估计过一阶段可能会好一点儿的,因为突然的分离在感情上总有一定的伤感。

还有您在厂里,在处理人事关系方面,不要大动肝火,切莫这样做,有事要和领导说,但对那些欺人太甚的人就不要客气。这些话要和领导有言在先,但不要为了一些小事而使自己生气,我最担心的就是这一点。慧敏,你要记住,君子报仇十年不晚,吃小亏占大便宜,虽您在这有些方面吃了点亏,但人家看见不会说他有本事，更不会把他当人看。相反，人家会认为您这样做对，赢得大家的同情，激起对他的愤慨，您说是吗？我相信您会处理好，切莫赌气。

最后代我向爸、妈问好，感激他们这次对我的帮忙。同时也代问小江、慧兰、慧革、慧杰他们一声好，望您能保重身体，没钱一定要来信。我这里会想办法给您寄去。

祝安康如意。

您的终身伴侣：爱国

1984年10月19日下午1:30

1984年10月31日

亲爱的慧敏:

　　您好!

　　我昨天收到了您的来信,心里放心多了。前天我也收到我爸给我的来信,也是25日写的,是在前天收到的,可您的信昨天才收到。可能在邮局给耽误了一天。我爸来信也说您送了一些蘑菇去,还说了一些叫我安心工作的话。说实在的,我怎么能安心呐,谁不想早点过上安定美好的生活呢?您说是吧?现在真是没办法,只有靠老天爷照应了。我现在是积极创造走的条件(比如说身体不好了,不适应在这里工作),以后还得靠您来帮我努力一把了。

　　今天是10月的最后一天,发工资了,所以想起来给您写一封信,顺便寄上5块钱。慧敏,您上次来信叫我以后不要再在自己身边没钱的时候寄钱给你。确实上次离沪后身边一共只剩两块钱。但一到机场后，确实也用不着花钱了。再说我有时是半年或几个月也不去市里一趟，故一般用不着什么钱。如果说有什么出差，还可先向财会科借一点儿钱。这次出去4天，账报下来，我还赚了4块多点儿。因为我是吃0.50元一天，可补助是1.20元一天，再说连中补助是1.80元一天。慧敏，所以说您以后不要伤感，因为我们现在是您的难处也就是我的难处，我的难处也就是您的难处，是同甘共苦的。因为只有这样，哪怕以后经济上再紧张，我想精神上还是感到愉快的，您说是哦？再说我在这里一个月是省的，除去一个月的饭钱外，再去掉一两块买邮票，其他基本上不要买什么，顶多就是草纸、牙膏。这次回来后因为一下子对天气不适应，感觉特别冷，我看人家都用电炉子了，可是外面买一只，听说要好几块钱(上次您送给姆妈的一只哈尔滨出的不知多少钱)，后来我用电阻丝自己做了一只，

现在用下来效果不比买得差，您看这样又可省掉几块钱。

前几天我听人家说阿胶要涨价了，我就叫人家到市里去买了1盒，是11块5角1盒，这是留着给您以后吃的。因为听人家说女同志，尤其是生了孩子以后，吃阿胶特别好。另外，以后我看看有鹿胎膏的话也买一点儿放着，这些东西可能以后都要涨价，反正这些东西放着也不会坏，将来都是用得着的滋补品。因为我现在唯一的寄托，就是您的身体好。

另外，关于给李伟介绍朋友的事，因为该人已去云南，我昨天收到您的信后已给他去了一封信，我想等他给我回信后再写信跟您谈，只是可能时间要长一点儿，因为这里到云南的信要一个星期才能到，来回就得半个月。至于他目前是否有女朋友，我也不太清楚。

还有，我走的时候由于匆忙，把棉毛衫裤给忘了。正好南京路的上海人，在前几天回上海了，我把

穿过来的绒线衫和小江要的军上装均叫他带回去
了。估计他到12月上旬回部队,到时候衣裳就叫他
带算了,也不要寄了。因为这里还有一套棉毛衫裤,换
的话就穿的确凉衬衫吧。另外慧敏,我想买一点儿搽
脸用的油,我想天冷了你也得要买,顺便就帮我买一
点儿。就买一点,袋装的,价格便宜的,不要太香的。
因为这一阶段早上洗脸感觉脸上绷得很紧,嘴唇也
发干,主要是这里的天气干燥。买好后送到我家,到
时叫徐一帆把这些东西送到这个人家去。

　　慧敏,到今天为止正好离开上海两个星期了,这
两个星期对我来说就好比过了半年似的,确实我这
次回沪,我们基本上是天天在一起的(就有一天没有,
那天您还记得吧?),一下子分开,感觉很不习惯。就
像心里少了主心骨似的,反正这一阶段要说做梦,我
就说不清做了多少次梦了,梦到高兴的时候一下子
惊醒,一看还是在这里,别提心里多难受了。确实,我
们现在最好的会面条件就是信和梦了,常言道"日有

所思,夜有所梦",我就是白天想您想得太多了,有的时候看看您的照片,您来的信就不知要看多少遍了。所以说,梦和信对您和我来说,目前都是幸福的会面。说真的,我为啥要您每周来一封信呐,看见您的来信就好像看见您的人似的。我最好是能隔几天就能看见您的来信。

邮票J105我也买了一套,那我就不寄来,20分的一张,我这次就寄挂号信给你,内夹三张,J106、T97、T98,还有五块钱,望查收。您寄来的两张八分邮票收到了。

最后望能多多保重身体,有病就请病假,不要硬撑,您身体好对我来说就是最大的安慰,钱用掉是会来的,您说是哦? 望保重。

祝安康如意。

您的终身伴侣:爱国

1984年10月31日

1984年11月2日

亲爱的慧敏:

您好!

前面一封信是星期三31日写的，以为星期四邮局能来人，可是这天偏巧邮局没来人，故也就未能寄出，看今天是否有人到市里去，叫他们顺便带去寄出。

您寄来的杂志，我于今天上午收到，信中内容也尽详，望您放心。至于您帮我买一套工作服，问我欢喜哦，哪还有不欢喜的。这样我就又可多一件衣服了，反正我们现在是一点一点"偎"①了，"偎"一点儿是一点儿。确实，以前我是一点儿衣裳也没有的，自和您谈了朋友后，陆陆续续也买了不少衣裳，这些衣裳都

---

① 上海方言，意思是积累。

是这两年"倡"起来的,以后我们就都得这样"倡"家当了,您说对哦?上次我说买羊毛衫,今同时寄去30元钱给您,您是否和桂军说一声,叫他当心一点儿,颜色最好是酱紫红的捎带点花,具体啥样花,您就和她说好了,反正不要太花(另外围巾你也是否和她说一声)。

关于涨价这里也常传说,所以我买了一盒阿胶,反正我们明年只有这样了,有多少能力办多少事了。我这两个月工资一共是160再加60元报的路费,还阿姨100元,买人参,阿胶将近50元,30元买羊毛衫,30元两个月的饭钱,也只剩10元左右了,好,马上有人去市里了。

最后望多多保重身体,加班要适可而止。头痛了就出去散散步,晓得哦。

祝安康如意。

您的伴侣:爱国

1984年11月2日上午11:25

1984年11月4日

亲爱的慧敏：

您好！

今天又是周末了，我在这里没有什么周末不周末的，我们这些单身汉都是有家难回啊！这里的电视台从今天晚上起，每周六的晚上放两集《陈真》，我看看没啥意思，就跑回宿舍，给您写上一封信吧，我现在只要有空，感觉给您写信是我最大的乐趣。

关于涨价的事，前几天我们这里营业上的干部传达了一个文件，说是要各地采取措施，做好因调整物价而引起的风波，要各地商业部门尽量能充足货物，适当的也可以从国外进口，来满足市场的需要。从这文件看，涨是肯定涨的，具体从啥时开始涨也不清楚，据说是明年元旦开始。我们这里据说每人要加

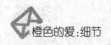

30元,不知如何!目前不光是上海有的东西卖空,据说全国也都一样。因为我们这里全国各地的人都有,家里的父母、老婆来信也都是提这些事情。看来是全国都一样。我们明年结婚,反正我想,人家能办得起我们也能办,因为这不是一两个人的问题,嗯,是涉及全国的事,调整物价,您工资也得给增加吧!总之明年我们还是抱着有多少能力办多少事的态度,慧敏您说是吗?也用不着着急,买东西就要买得称心,但是称心也不是一两天能急出来的。还是慢慢来得好,嗯,我们办事应该有点与世无争的精神,您说是吧?

这一阶段我每天都保证在晚上九点半左右睡觉,也有十点多睡觉的时候,有时是给您写信,有时是有好看的电视。我现在是很注意休息,平时的工作认为不必做就不做,有空看看书,因为这一阶段一直到我们结婚是得好好修养身体。就从现在算起,到明年9月份,也就只有300天的时间。望您也能晚上按时睡觉,尽量少加班,你们单位现在是否规定加班一定得拿加班费,能不能调休？ 因为像我们现在,您能调休还是积累几天调休放着,以备以后用。敏敏,您说对哦？

昨天寄出的一封挂号信(买5块,三套邮票)及三十元不知收到了吧？我的羊毛衫,您看怎么办就怎么办,反正颜色不要和我的开衫和新买的套衫一样就可以。

哦,刚才我还说9点半睡觉,现在是9:40了。好,慧敏,今天就写到这里,明天星期一再接着写下去,到此搁笔。

今天星期天,早上一直睡到九点钟起来。然后和我们营里的参谋一起到我们团参谋长和营长家里去玩了一会儿。这次一去,他们的老婆都责怪我怎么不领您一起到他们这里住一阶段。反正我也只有笑笑了之。他们都知道我们的事,我是多么想您能来到我身边啊！

今天晚上的电视,不知您看了吧？ 中央台的德国

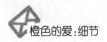

电视连续剧《爸爸》①，不知您看了以后是怎样认识的？

　　近来我在这里总的一切都好，工作也不算太长。平时有空就看看书，还有您上次借给我的《今古传奇》能否再到家借一齐寄来给我看看，你说好吧？另外，再寄些您的照片给我，因为这次回来只带了三张。好，今天就写到这里，望能多多保重身体。量力而行，不要一加起班，就不想着自己的身体，晓得哦。

　　祝安康如意。

您的终身伴侣：爱国
1984年11月4日晚9:35

---

　　①　20世纪80年代我国引进的民主德国电视剧《爸爸》*。

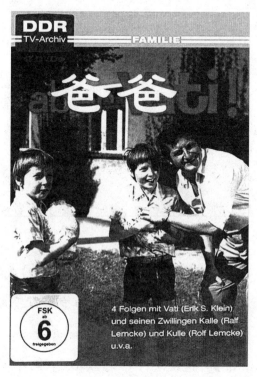

* 民主德国电视剧《爸爸》宣传剧照

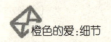

1984年11月9日

亲爱的慧敏:

您好!

近来工作一定很忙吧,望一定要多多当心身体,晓得哦?

您的来信我于星期二早上收到,当时我写的那封信,已经封好。所以就在信封的背面写了几个字,不知道看了哦?您信中的内容尽详,望放心。

您来信说,这次买了一对热水瓶,两个痰盂,两个脸盆,问您妈借了四十块。那我现在这样想,我把寄去准备买羊毛衫的三十块,先还给您妈,我的羊毛衫就等以后再说,反正目前市场上也不太好买。就拿这钱先还了再说,您说好哦?

我在星期三上午十一点多一点儿,连续打了十几个喷嚏，大家都和我开玩笑说你老婆在惦记你了。当时我也想，可能是我在上星期五寄出的挂号信和三十块您收到了，正在说我了，所以我打了十几个喷嚏。不知是否在那天收到，我于六日发出的信，也应于今晚(九日)回家后收到了哦？

　　这几天由于帮这里的人防办检查通信设备，自己一个人弄得很吃力，一到晚上不到九点钟就睡觉了，因为中午都没睡觉，这样一到晚上眼睛就瞌睡了。再说这几天中央电视台也没啥好节目。

　　您来信说，这几天晚上回家带点蟹粉。您说带蟹粉，我倒想起去年的这时候，在您家蟹没少吃，也学会了带蟹粉。但今年看样子就没这口福了，在这从来看不见有蟹。说来时间过得也快，去年这时候的一切情景都好像还在眼前似的，我去年是几号离沪的，您还记得哦？

　　明天就是十号了，我们登记结婚已有两个月了，这一天是我们以后应该想着的一天。两个月值得纪

念,两年值得纪念,二十年也值得纪念,白头到老也值得纪念。就我目前在部队的几年,最好每年的中秋节我们都能在一起欢度。(当然以后我离开部队回上海后就不用说了,因为每年的中秋节基本都在秋天,这样您可以到我这里来探亲了,您说对哦!)共同庆贺,因为这一天是我们人生道路上的一个转折点。每当以后再碰到什么不愉快和不高兴的时候,我想起您,我想起这一天,就不会有什么不愉快和不高兴的心情了。爱情是应随着岁月的流逝而沉淀得越来越深的,这不用说,但在以后人生的长河中,共同操持一家之业,在一些柴米油盐的日常琐事中,难免碰到一些不称心的事。一旦碰到不称心的事情,作为爱人来说,就应互相关心,互相爱护,互相体贴,用自己的爱情来爱护对方。只有这样生活,才能把一家之业操持好,敏敏,您说对哦!另外,您来信说,回避一下这问题,确实我为啥提出这问题。因为我想过对对方的信任,是我们爱情的天使,只有互相信任,真心诚意地相爱,是我们结合的基础。如果没有这些先决条件,我们结合还有啥意义,慧敏您说对哦?另外,您说这只不过是对我的提醒,这我接受。我时刻牢记,但不知您何曾理解过"感情"这两字,我们这由爱情而演变出的"感情"?

好,当您收到这封信时,应是十一月十三日,十四日就是我去年离沪的日子,这一年一年地过起来,回头看看是很快的。再到明年的这时候,我们就已成家立业了。要承担起一个家庭的任务了,这就不同于学生的时候了,敏敏您说对哦?哦,十四号了,您那"好弟弟"又该来了,这几天您尽量能多休息休息,晚上一定不要加班,早点睡觉,晓得哦? 也许您会说,不要您提醒。但我认为,我是您的爱人,有必要时刻关心着您,现在不能在您身边来照顾您,但以后我会加倍地来偿还的。但目前只有靠这张纸来传达我的爱情之心了。

好,时间不早了,我想洗洗脸和脚睡觉了,因为

自己太吃力了。近来这里天气还算暖热一点儿了，身体蛮好，望您放心。您的身体要自己保重，根据气温适时增减衣服，晓得哦。

祝安康如意。

您的伴侣：爱国

1984年11月9日

1984年11月11日

亲爱的慧敏：

您好！

今天又是星期天了（11日），正好今天上午收到了您7日写的信。信中内容尽详，望放心。今天早上一直睡到九点多钟才起来。因为难得只有星期天能睡一次懒觉，平时都要按时起床，现在今天还是六点起床，早饭也没吃，就先洗了一个澡。等我回来就收到了您的来信，当时心里别提有多高兴了。下午又睡了一觉，所以现在的精神特别好，我现在写这封信时已是看完了电视再写的。

您来信说，帮我买了一件41.50元的羊毛衫，问我怎样。慧敏我是这样想的，只要您看着我穿着合适，您就办，不要以为我很挑剔。最主要的一点是您

认为好就行。还有我上次来信说,本想把三十元先还您母亲的,现在您看怎样?

还有您担心我自己做的电褥子,总之我自己做的外面是用塑料布作绝缘的,一般是不会漏电的。至于说会失火,这一现象在我们这里是有过,上次有个人也是自己做的,因为接头的地方没接好,跳火,把垫被烧了一个大洞,幸亏发现得早,否则就会失火。我这就听您,尽量不去用,望您放心。近来因为天也不太冷,往年要是很冷的话,我也没用过。今年我看人家用得多了,所以我就做了一个。用这玩意儿,确实,尤其是一钻进被窝的时候是舒服,否则的话冷冰冰的。再过一阶段您给我的热水袋该用上了。

另外,T99我也没买,因为我没去小华那里。这样您买了,那我就算了,不买了。还有您说下次准备寄一张照片给我,那太好了,我现在非常需要您的照片。另还有好的再寄几张(就是从上次鉴华帮您放的当中挑的)。

还有您同学结婚,不要您送礼,那也就算了,也不用客气,反正我们以后也不要他们送了。您那兑换券就放着自己用吧。好,今就写到这里。过两天再写,反正明天也寄不出。

祝安康如意。

您的终身伴侣:爱国

1984年11月11日晚10:05

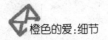

1984年11月13日

亲爱的慧敏：

您好！

今天是十三日(星期二)，本想今天把此信寄出的，但一想还是星期四寄吧。因为星期四寄，星期天(十八日)您正好能收到。

说来也快，上个月的十三日我们还在一起，那天您还说我对您发脾气呐，那天您还记得哦？就是叫您调休，可上午快过去了您还在上班。您说我凶，对于这一点我父亲还开导了我一番呐。慧敏，您说我这次回沪对您有点凶，但我没有这感觉，也许是我对您爱得深，否则我能对您凶吗？不管怎么说，事后我是感觉不应该这样的。敏敏，我想以后我们配合默契，在我不高兴的时候，您能谅解我。在您不高兴的时候，我谅解您。在这样互相谅解的情况下，我想在冷静下来后都会有醒悟的，您说对哦？

前几天有人去长白山出差，我已叫人带回一块刀砧板，上次您家需要一块大一点儿的刀砧板，但一直没人去。这次去本想叫他们带两块的，您家一块，我家一块。现在一块那就先给您家，您说好哦？另外，哈什蚂①，这次人家去看了，要七角一只，太贵了，等明年看有人去，便宜的话再买。这您不要说给您爸听，否则他会想，怎么太贵就不买了。这您一定不要说，等我明年买了再说，慧敏您说好哦。

近来我在这里身体还算可以，不管怎么说，对这里的冷天我始终是适应不了的，要我在这里一辈子的话，我的寿命一定得缩短一半。晚上睡觉身上也不太发冷了，现在看来我们是有点"同病相怜"啊。上次

---

① 哈什蚂*：脊索动物门、脊椎动物亚门、两栖纲、滑体亚纲、无尾目、蟾蜍科、蟾蜍属动物，全国各地均有分布，生活在泥土中或栖居在石下或草间。有较高的药用价值和食用价值。

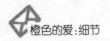

过完年我离沪后,您也曾有过晚上困觉身体上发冷。这次我也有,但没几晚上就好了。这也不知是啥原因,我也没去看。您叫我拿一根人参出来吃吃。我想我现在吃,是否太早了一点儿,等将来年纪稍大一点儿再补吧,您说是吗?

到今天为止帮人家检查机器的事才弄完,一共用了九天。这九天是比较长的,反正我是抱着能做就做,不能做就不勉强,但有时也有弄得蛮吃力的。我现在是有点不求上进,只要把工作做好就行了,别无其他要求了,唯一的奋斗目标就是早日使我们团圆。确实,"相聚之乐,分离之苦"的滋味太难受了。尤其刚一人从上海回到这里,不瞒您说,要多伤心有多伤心了。因为过惯了家庭生活,再过集体生活,是非常地不习惯,再加上这里条件之差,一点儿没有家庭生活的气息。这也难怪,因为隔几年都要走的,而且弄不好再也不会见面了,关系太好了也没必要。您说这样的集体生活的日子能好过吗?当然了,您说您也过过集体生活，但你们那时都是一些比较单纯的学生。这里的生活平时都没啥，吹吹牛了，谈谈山海经，但到关键的时候就说不定了。我想这些您我在以后的社会生活中都是应该时刻学一点儿的吧。我想在工厂里也有这种现象吧。咳，我又瞎扯了一大段，不写了，以后我们再共同讨论吧。

还有姆妈和阿姨也快从靖江回来了哦，阿姨若二十日要去，您看若有空的话，是否去看看她，您也代我望望。因为您现在去看也等于代表我的意思了。

这里从今天开始气温又开始下降了，棉帽子我也戴起来了。上海我看还有19℃呐。大概要穿羊毛衫了哦？望您能尽量多穿点，因为早上出去冷，若到中午热再说。这也就多拿一只包哦，早上穿出去，晚上拎回来也不是很麻烦的事嗒。好，今就絮叨到此。

祝安康如意。

您的终身伴侣：爱国

1984年11月13日晚9:20

* 哈什蚂

1984年11月15日

亲爱的慧敏：

您好！

今天是十五号，正好邮局来人，故把此信寄出。您收到此信时应该正好是星期天吧？

另外，您上次来信说，准备把"葆春霜"①放在杂志中寄。这样您最好要挂号，就多花两角吧。以防万一丢失，您说好哦？另外，照片一定别忘记了，还有您画的画有什么好的，也寄一张给我。您以后每个月寄杂志给我，反正您每个月也要去我家一次。这样是否能把他们看完的《报刊文摘》②一个月也夹在一起寄

___

① 葆春霜*：人们日常使用的护肤品，滋润皮肤，有效舒缓干燥肌肤。

② 《报刊文摘》*于1980年1月1日创刊，是中华人民共和国成立后创办的第一张综合性文摘报，周二刊，从2003年开始改出周三刊，四开四版。创办三十多年来，《报刊文摘》坚持"关注现实、关注民生、关注社会"的办报理念，聚焦时代变革下的政经热点，直面社会变迁中的百姓生活，挖掘历史背后的人物逸事。

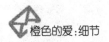

来给我看看,您说怎样?

这有这次"手指保健操"望能付诸实施,有空抚摸一下。下趟回沪我得考问您的。好,最好代问爸妈及您全家一声好,望您能多多保重自己的身体,量力而行。

祝安康如意。

您的终身伴侣:爱国

1984年11月15日上午9:00

* 葆春霜

1984 年

*《报刊文摘》

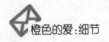

1984年11月18日

亲爱的慧敏:

您好!

今天上午(17日)收到了您的来信,信中内容尽详。望放心。

照片也收到了,真的,一看到您的照片,我眼前好像一晃,您好像就在我眼前似的。到今天我们正好分离了一个月,这整整一个月我是日思夜想啊!敏敏,您说人为什么会这样呐?这次回部队后,人家都说我精神不好,我也承认。我说我考虑的问题太多。您说我现在的精神能好起来吗?有时晚上睡在床上想想,确实要多伤心有多伤心,想想我为什么会跑到这东北来当兵,于自己心爱的人天各一方,何时才能结束我们这样的生活。

今天十七日，上个月的十七日，我们还一起在外面买花瓶、买炖锅。这些情景您说也算好像在眼前的事似的，但再一回想，感觉这日子又过得太慢了，才过了一个月。我现在是恨不得一下就过到明年的九十月份。到那时我们该是多么幸福和美满啊！您说是哦？

　　慧敏，您的这些照片拍得很好，有机会也去放一张大一点儿的，放在小镜框里，我拿来放在我的台子上。现在这张我是压在玻璃板下，我拿这张照片与以前拍的几张比比看，您确实是比以前瘦了。这次回沪，我也说过，您头发是比以前黑了（这也是身体健康的一个标志），但人确实是比以前瘦了（上次到老城隍庙去称一称您只有95斤）。从现在起，从我寄给您的五块钱中拿三块出来，买点巧克力放在身边，想起来就拿一块出来吃吃，敏敏，您说好哦？不仅现在是这样，将来结完婚以后也是这样，我这个人的生活目的就是，一是吃好，人身体好，啥东西都可有。二再是穿，因为身体好，穿啥都是好看的。要是身体不好，穿得再好也

是没啥意思的。慧敏您是否同意我以后的生活规律。我现在对我们以后的生活还有所规划，大体是拿我们两个人工资总和的二分之一出来吃，其他就派"偓"我们还没有的日常生活用品，再积蓄一点儿。也许您会想，不要想得太美了，但我想人生活也得有个规划，否则的话，还有啥家庭概念，敏敏，您说对哦？

至于羊毛衫的事，一切由您办了。反正您帮买啥样的，我就穿啥样的，但总的一点要求能岁数大一点儿也能穿的，不要花了四十多块只能穿一两年就没啥意思了。

我看了您的信后，我对您有点不满意了，作为一个女同志，怎么在桂军搬家的那天上下三四趟呢，要我在我是绝对不会让您这样做的，顶多去一趟，要么就在下面看看东西，或者在上面帮人家倒点开水，怎么能和男同志一样，上下跑呐。好，这样做一是"好朋友"提前来了，也许我走后，您情绪不好也有关系，但那天您是不应这样做的。所以我不在上海，有些方面就督促不到了，我想人家是不会管您这么多的。二要您搬得动，搬得越多越好，在有些方面该实惠点是要实惠点，人都是有私心的。打个比方，要慧兰这样去做，小江能同意哦？人都是这样的，但现在不足的是我不在您身边，有些就要您自己量力而行，我已和您说过多次，望您以后千万不能这样，晓得哦。

这几天晚上我把您以前所有的来信，一封封从头看，还是挺有意思的。我也数了一下，正好是五十封。慧敏，等我们将来在一起再来看这些信时，一定会感到很好笑吧。好，今天就写到这里，我去看《陈真》了，等明天星期天继续给写。写到此搁笔，望原谅。

今天星期天，早上一直睡到九点多起来，自己买了一点儿大米，熬了一点儿粥吃吃（因为我现在买了一个电炉放在房间里），带来的几瓶榨菜到今天为止已全部吃完了，一是我吃，另外人家看见了也吃吃。反正是啥人有好东西，大家"共产"。昨天晚上几个光棍买了一点儿肉，就叫我去吃，我的天哪，那里有人

想吃酒。我是一滴也没碰，说真的，我回部队一个月一支烟也没抽过。现在总算是被您"改造"过来了。

今天上午我收到了上次说要帮怀娟介绍的那个人的信。他说他目前对个人的事，暂且不考虑。那您就对怀娟打声招呼，说很抱歉。至于我说的这个人，目前是否有女朋友，还是有其他啥原因，我也不太清楚，反正这事是不能勉强的，他说不考虑那也就算了。

今天已是十八日了，也许姆妈和阿姨她们也该从亭潮回来了哦？要是回来的话我想今天您也许会去我家了哦？信一定是晚上回来后才收到的吧？另外，想起来了，晚上一个人乘汽车一定不要打瞌睡，要防止那些不三不四的家伙。这事您一定要记牢，尽量克住一点儿睡意，处处小心为妙，晓得哦？

还有假领子①的尺寸是38.5，做这假领您不要出

_____

① 假领子并不假，其实是真领子，又叫节约领，20世纪七八十年代上海的"特产"。但假领子不是一件真正的内衣服装，只是一件领子而已。假领子又不完全只是领子，它还有前襟、后片、扣子、扣眼，但只保留了内衣上部的少半截，穿在外衣里面，以假乱真，露出的衣领部分完全与衬衫相同。

1984年

去找书，就看有啥颜色的书都可以，反正在这里随便穿穿都无所谓的。

另外，上次欠妈妈的全国粮票还有多少，到今年年底我准备从食堂里再退100斤出来。因为退太多也不能一下退。准备先退两个月，再加上每个结过婚的干部爱人来队探亲还有40斤。像您这样今年不来就可退粮票，这样加在一起可退100斤左右，上次寄去的是九斤加上我出差退下来的粮票。

慧敏，我想您在上海看阿爸、姆妈他们若好点的话，慢慢地买一点儿"凤凰"香烟放着。因为上海是0.72元一包，这里可卖到1.20元左右一包，以前小华也和我说过，叫您在上海买，拿到这里卖，这样一条就可赚4~5块，他说这生意为何不赚，我想倒也是，而且现在也允许这样做。但我是绝不会直接去做的，因为当兵的是不允许这样做的。反正您看慢慢地有机会就买两条，时间长了就可积少成多。拿到这里来叫小华去帮手，大家弄点"活活血"的钱用用。后来一些

087

要好的小当兵的想要，我就说7.20元卖给你们算了。也没有赚钱，本来是可赚20元的。望您来信谈谈，您是否同意我这样做，要不同意也就算了。因为我想现在社会上到处都在做生意，想赚点"外快"①钞票。而且在这里听小华说，市里"凤凰"香烟是销路最好的。这次回来后，我到小华家去了一趟(就上次出差回来顺便去了一趟他家，在他那里买了几套邮票那趟)。他又和我谈起了此事。我也想过了，"凤凰"烟在上海是不太好买的，还有我想您是否会能同意我这样做。所以当时也没和您写信说，今天我想告诉您想法，您看怎样？但也不是一下子非办成的，也不要急，一有机会就弄一点儿，一有机会就买一两条。时间一长就不少了。只要买十条就可赚40元啊。我今天也觉得这不错，可以和您谈谈这一想法，您认为如何？

前一阶段，我们团的参谋长又来找我说还要买一台电视机，所以在前几天，我又给小刘写了一封

———————

① 在正常收入以外的收入或者通过一些小手段得到的利益。

信,叫他想想办法。我是想叫他去找我们中学里一个女同学(因为他和她关系还可以)想想办法,不知他办得怎么样了,到今天还没有回信。这些全是啰唆事,他(参谋长)这样求的来,不给办也不好,因为以后还得求他帮忙的,若给他办吧,确实这电视机在上海也是不太好买的,也是件头痛的事。这次回来,我们参谋长对我这次事办得很满意,电视机也买到了,香烟也买到了。我和他说香烟全是您爸妈买的,他说,哟,你老丈人丈母娘还挺有办法的,我说也是费了好多力。

还有上次我寄回去还给阿姨的一百块,不知他们收到了哦?怎么到今天他们也没回信,不知您去我家,我家里和您说起这事了吧? 若收到了,您知道的话,写信时顺便带一笔,以免我的顾虑。

近来我在这里身体还算可以,情趣我想也不会像以前那样无忧无虑的了,因为我现在那头有一个人使我牵挂着。这个人是谁,您知道哦。那就是您。所以也许这样的情趣到我离开部队才能改变了。反正

现在是总不太愿意和人家多说话，总好像有心思的样子。人家也都说我不像以前那样单纯了。确实人是随着岁数的逐渐增长会逐渐成熟的，您说对哦？今就写到这里，现在已是4:30。今天一下午就写了这么一封信，最好希望您能够多多保重身体，一定要把我的话放在心上，处处量力而行。

祝安康如意。

您的终身伴侣：爱国

1984年11月18日下午4:30

1984年11月20日

亲爱的慧敏:

　　您好!

　　前面一封信是星期天写的,今天邮局来人,所以放到今天(二十日)才发出。当您收到此信,一定是二十三日(星期五)吧?

　　昨天上午我把头发剃了, 这一直是上次在沪时您帮我剃的。一直到昨天回部队一个月后才剃的。

　　慧敏,我看了您的信后,我是这样想的,您平时最好能备一条瘪脚点的裤子在单位里,要是碰到"好朋友"提前来了,也可应付一下。否则的话,等来了再去问人家借裤子是够狼狈的。我想这样可以哦? 再一条长裤和一条短裤放着, 因为瘪脚点的反正平时也不穿,到时应付应付还是可以的哦。至于您说,希望我

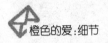

以后在您心烦急躁的时候能谅解您,敏敏,您说在这一点上也不能做到的话,那还算是您的丈夫吗?我认为做丈夫的就应该是在妻子为难和难受的时候,用自己的心情去温暖对方,给予关心和爱护,这样才算是尽到做丈夫的职责。如果连这些最起码的事也不能办到的话,那就失去做丈夫的意义,培根(英国人)说过:"自知自爱不知爱人的人,最终是没好下场的。"我想这句话很有道理,夫妻也就是爱人,若不知爱人,那您说这样的夫妻关系能维持下去吗?所以说一个家庭夫妻关系的好坏,不但影响一个家庭,有可能对下一代也是一个不小的影响,所以从现在起,我们必须在这方面多多研究研究。我想这个问题对没结婚的人来说是容易忽视的。但听人家结完婚的人说,这个问题是不可忽视的。也许这个问题我提得早了点,但我想我们过不了多长时间也会碰到这一问题,想在前面点,还是有好处的,您说对哦?

近来上海天气也冷了,要多穿点衣裳了,尤其是早上六点多钟出去，一定要多穿点，这里我会当心的，现在我把今天所有的衣服都穿上了。还有您下次寄杂志来的话，是否买三十张草纸。您也许会笑，敏敏，我想在这里能尽量节约就节约，一个月买一刀草纸也要二三角了，您每个月买三十张来，我就可节约一点儿了，您说对哦？您看如何？好，今就说到这里。

　　祝安康如意。

　　　　　　　　　　　　您的终身伴侣：爱国

　　　　　　　　　　　　1984年11月20日上午10：10

1984 年

1985 年

元月 29 日
2 月 12 日
5 月 19 日

1986 年

1985年元月29日

亲爱的敏敏:

　　您好!

　　我于二十九日离沪,一路上顺利地回到了部队。(上次开车前和那两人吵架,开车后和他们解释一下,后又和好了,一路上一直谈谈,望您放心)。一回到部队后人好像又不太舒服了,一下子又不习惯了。反正又要过一阶段我的心情才能好受一点儿。这趟火车晚点了一个多小时,一下火车他们就来接了,出站也很顺利,带的电视机一路上没受到啥麻烦,所有一切望您放心。

　　现在回到东北正是大寒之日,一下车一股寒气向人裹来,说实在的心里很不是滋味。现在外面白茫茫的一片,气温在-28℃~-27℃左右,这对没有来过东北的人,可能要吓一大跳。敏敏您说对哦?

这次带回来的烟，还没等我进门已被参谋长全拿去，还有帮他买的电视机也拿去了，反正他们对我这次所办的一切都很满意，多等了一个阶段他们也没说我，反正他们若要说我，我也准备好了，说说那个人有病不能走，这也不是我的事，您说对哦？那人估计还得去住院，反正在路上还争气的，一直没犯错。总之圆满地完成了这次任务。

还有您上次寄来的信和四张照片都已经收到了，望放心。现在刚回部队心情有点不太好，望您多多来信，以免我的牵挂，因为一下子分离，心里又有点悲伤和牵挂。

好，今就写到这里，余言下次细读，我准备好好地睡一觉。

最后代我向爸、妈他们问一声好。

祝安康如意。

您的伴侣：爱国
1985年元月29日

1985年2月12日

敏敏:

您好!

我上次的信不知您收到了哦? 您近来身体好吗? 工作长哦? 很是挂念。敏敏, 不知您的, 近来每当晚上睡觉眼睛一闭就好像看见了您。简直有点日思夜想了, 再这样下去可能要得相思病了。目前看见人家有的回家过年, 有的爱人来到部队准备欢度佳节。我也想过要是您能来到我这边那该有多好啊。

敏敏, 现在有这样一件事, 前几天上面通知我们这里要派一个人三月五日去北京出半个月的差, 目前我们这里就只有两个人能去, 一个是我, 另外还有一个人。但那个人有点不太愿意去(因为他家不是北京的), 我更不愿意去。所以说我想您最好拍电报再提前两天,也就是24日去拍,还有叫徐一帆在您拍出后的12个小时再去拍。这样我好在他们决定谁去之前动身回沪。这样我就预计27日动身到上海。另外,若还有什么变化,我就给您去"回电"的电报,当您收到这样的电报后,说明情况又有变化,那您就在接到这电报后,到邮局发电报(电报内容照旧)。还有您最好和徐一帆说好,反正是相差6~12个小时都可以。这事您心里好有个数,若我不去电报那您就24日去拍。

另外,那辆自行车的招牌不知捎好了没有,敏敏,现在我担心的就是您出去骑自行车,这您一定要当心,能乘汽车尽量乘汽车,若我们一起出去的话,那问题不大。若您一个人出去,碰着啥问题您一慌张,弄不好就要出事,所以我现在很担心,敏敏,在我回沪之前最好不要骑,等我回来后我们一起骑好吧。

还有,春节快到了,休息几天?有些东西最好能抓紧办了,像沙发套子之类的,若您家不方便的话,最好您那几天住在我家弄一弄,有些东西也一起带

去做做。因为一是一到过年您家人来人往得多,这样对您肯定会有影响;二是也省一些您来来去去的车费。故我想那几天您就住在我家算了,您说好哦?

另外,买壁灯的事,不知您去过灯具总店了哦?小吴不知为我们办了哦?若没有办您最好能抽空去一趟,若没有我们还可另想办法。这事望您能抓紧办。还有您若窗帘弄好了,那我上次买的窗帘钩子放在玻璃橱下面,您要找到那里面去找。

今天寄了107一套,望查收,这是人家卖给我的。小华那里我已去过,他过了元旦也回沪了,至今还未回来,故票还未买到。等买到后,我下次一起带回来吧,最后拍电报24日勿忘!!!

望能多多保重身体,晚上早点睡,晓得哦! 收后来信。

祝安康如意。

您的终身伴侣:爱国

1985年2月12日上午9:00

1985年5月19日

亲爱的慧敏：

您好！

不知近来身体好吗？读书还是和以前一样吗？很是挂念。我上次的去信和寄去的八十五元都收到了吧？上次去寄信，由于我去时邮局的人已走，故我是叫人家带到市里去寄的，汇款单上的字也是人家写的。望收到信后告知。

这次我们这里每个干部多加四元生产费（就是部队搞其他生意所赚的钱），这样我每月八十五元。以后就每月多寄五元了。还有上次我拿人家买电视机的三十元（就是垫修对讲机的），现在还没有报，等报了寄来。

慧敏，上个星期的这个时候我们还在一起，可今

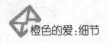

天我们已天各一方,互相思念和牵挂着对方。我以前一坐定下来就要打瞌睡的习惯也没有了,现在一坐定就好像您在我眼前似的。再一看表,5:50了,我想这样您该背着包回家了;6:00,我想这时候该吃晚饭了;这几天一听晚上8:00,我想您这时候该回了吧?反正现在是无时无刻不在牵挂着您。确实我们共同生活了两个多月,一下子分离是非常痛苦的,回来后没一晚上睡得香,在昨天晚上还掉了几滴眼泪。慧敏,我想您现在是会了解我的心情的,我现在别无他求,只要我们生活在一起,哪怕再苦再累我心里也是高兴的。在这里虽然无事做,做人是轻松了,可心情是悲伤的,心里没有一点儿甜味。整天过忧悉的日子,没有家庭气氛的生活。我这个人在有些地方是懦弱的,比如爱掉眼泪,但是我想人到很伤心的时候,是控制不住这眼泪的,与其说憋住,那还不如让它流出来痛快些。因为伤心,一是舍不得我们夫妻的分离,二是对这里的孤独的生活的恐惧,人的精神是需要夫妻间的温柔的感情来安慰的。所以但愿慧敏今年夏天您能早点来我这里，平时若有机会能加几个班，调休几天，让我们能多生活在一起几天，敏，您说好哦？到那时我们该是多么高兴和幸福啊！总之，我们现在也算是过来人了，对人家说的"一日夫妻百日恩"也深有体会了，我想您也会深有体会了吧？

慧敏，我虽然不在您身边了，身体自己一定要照顾好，若有不舒服了，能请病假就请，不要硬撑（顺便问一声，这个月的月经已干净了吧？），冷暖自己一定要当心好。这几天晚上电视里的天气预报，说上海气温是18℃~20℃，可能比我在上海时的气温低了，晚上睡觉是否不要盖毛巾被了，拿被头出来盖。反正处处要自己当心好，我在这里自己会当心的，望您放心。

现在我们探亲的车费搞承包了，像我每年发108.20元，这次回来又拿了8.20元，因为我上次回家之前已经借了100块。

还有大连那个人送给我们的一套酒具，叫人带给我了，看样子只有您来带回去了。

今天本来准备到小华家去的，后因下雨也不去了，早上睡到十点钟（睡在床上睡是睡不着，想想上个星期天还在一起，这个星期天却是这样了，越想越伤心），吃过中饭，就给您写这封信。

近来这里气候要和上海比还相差很远，我回部队一直穿绒线衫，因为一下子对这气候又不大适应了，所以还是穿暖热点。敏，您说对哦？

另外，敏，我想以后寄杂志时，您能否把阿爸订的《报刊文摘》也一个月寄给我看看，您说好哦！

前几天我向人家买了几张番票，随信一起寄给您。另外，新邮票等我去小华家向他买了以后再寄给你。

另外，这次考试考得怎么样，望来信告诉。

最后，望告阿爸、姆妈、舅婆他们一声，望他们放

心，说我在这里很好，只有宽宽他们的心了。望您能
一周给我来一封信，务必！以免我的牵挂，最后望您
能多多保重身体。

祝安康如意。

您的丈夫：爱国

1985年5月19日下午4：15

1984年

1985年

1986年

1月18日
1月24日
11月11日
11月16日

1986年1月18日

爱妻:

您好!

您的来信于昨天收到,近来身体还好吧?是否天天去上班。这次预约20日去检查如何?

当您收到此信,一定是21日吧,我想想今天是什么日子,27年前的今天,您哇哇地来到了人世间,没想到27年后的今天自己也做妈妈了吧。要使我们的小宝宝知道自己的妈妈今天过生日,那他也会在妈妈的怀里拍手欢腾的。我想今天的小宝宝一定要比平时动得厉害吧。可是我做丈夫的今天也就不送什么礼了,等我们见面后再补吧,爱妻,您说好哦!

自您11月5日离开后,我们已是足足分离了74天了。这74天对一般人来说可能不足为奇,可是对我们恩爱夫妻来说，那真是太漫长了。白天想，晚上做梦也想，反正做啥都想，满脑子离不开您。真是"一日夫妻百日恩"啊，慧敏您说对哦！

　　现在，我们这里整党已告一段落，就等着进行党员登记，据说是要到27日、28日才能登记完，若是这样的话，那我就准备30日或31日从这出发，所以这样二月二日星期天若没啥事，您就不要回您妈家了，我也就可能这天到，要么二月一日到。这是我自己的打算。如果能在27日、28日登记完我就这样办，要是不行的话，那只有推迟了。还有您上次来信说，黑木耳的事，我出去看了几次，价格都在18元左右，最便宜的也得16元一斤，您看怎样？另外，周阿姨要锅圈，我已叫人去沈阳带了，不知是否能买到。

　　您来信说放的苹果有的都烂了，我说不管怎么说，每顿饭后吃一个，这样还是不会忘的吧。烂了不是可惜了吗？所以尽量还是吃一点儿，吃一点儿水果是没有坏处的。

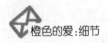

还有您上次设想的,准备过了年就把探亲假用点,不知您现在是否和领导说过了?我想这样也是可以的。因为若生了小孩后,休息一年,这一个月的探亲假也就白白浪费了,所以现在能用就用吧,因为过了年,您就有孕八个月了,若再在车上颠发颠发①,这样是很危险的,您的同学不是已告诉您了吧,所以我想这样还是很好的。我现在还在想,若等您生完小宝宝后,大人和小孩的身体都好的话,我就准备让您到我这里来休息几个月,这样一是可以让我放心,因为在眼前看得见;二是在这里也自由,不像在家里靠别人照料,因为丈夫照顾妻子毕竟是自己人,慧敏您说对哦?这当然得小宝宝的身体好,否则要生病也是麻烦事。

近来上海天气还冷哦?早上去上班一定要吃早饭,不能空着肚皮去上班,晓得哦!

---

① 上海方言,震动的样子。

还有我又在小华那里买了J93、林则徐、邹韬奋三套邮票,这您就不要再买了。过几天我准备去买几只鸡,冻了,因为买了太早也不好,您说对哦。

好,今就写到这里,我还要去工作。致

祝身康如意。

您的恩爱丈夫:爱国

1986年1月18日10:50

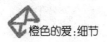

1986年1月24日

爱妻:

您好!

不知近来身体好哦?这次去医院检查怎么样,现在厂里的工作长哦?是否还在家里上班,很是挂念。

您的来信是于二十日收到的,信中内容尽悉,望放心。您的科里安排您在家里上班,这样还是可以的,这样确实效果还可好一点儿,不知现在还是否是这样?

我们这里整党已快进行登记了,估计在二十六日左右能完。这样我们就马上可以见面了,我今天已叫人帮我登记票去了。因为现在火车是相当地挤,尤其是这里到上海的车票相当难买。我想乘长春到常州的,买一张卧铺,这样人可以轻松点,否则上去就

112

得立着，别想坐着位子，反正也就只有比硬座票多十几元钱，您说这样好哦？

另外，帮周阿姨买的高压锅圈已买好，奶粉我还未去买，准备星期天去一趟市里，买一买。另外，黑木耳14元一斤，现在是买不到了，最便宜的也得16元一斤，最贵的卖到20元一斤，所以我想就在上海买一点儿给你妈吧，因为这价格跟上海也差不多吧。

近来上海天气冷吧，望一定要当心身体，没几天我就要回来了，希望能在我回家之前，平平安安。另外，告诉一声阿爸、姆妈他们，若没啥特殊情况我就不写信了，见面再说吧！

祝安康如意。

您的恩爱丈夫：爱国

1986年1月24日

1986年11月11日

慧敏:

您好!

您的来信于今天早上收到,望放心。

得知你们母女俩近来很好,我就放心了。说实在的,现在虽说人是轻松的,可精神是不轻松,整天惦记着您,晚上也经常睡不着。不像在上海,虽说人是累的,可精神是愉快的,晚上一躺下就睡着了。在这里,我不管做啥都提不起精神了。昨天星期天,想想睡了一个上午,吃过饭洗了澡,洗洗衣服。要是在上海,星期天一定过得有劲,所以说我现在也是下了决心复员了,这几天我没事就去找领导。我现在是力争在年底之前能办成最好了,否则的话就得拖到明年年初了。总之我啥时办成,就给您去封电报,您就过来,咱们也得在这东北好好玩一玩,以后是谁也不会

114

再上东北来玩了，慧敏您说对哦？反正这事看来咱们想的都是一样的，只要能早回上海，工资低一点儿也在所不辞了，只要人的精神是充实的。再退一步说，比如没来当兵，在上海当工人也不是拿这点钱吧。只有这样来安慰自己了。

我们的小芳芳昨天已满八个月了，不知照片拍了哦？另外，每天的鱼肝油、钙片一定要按时给她吃，还有这个月的牛奶不知降价了吗？不管怎么样还是得给她吃，可千万不能不给她吃。小孩身体好，将来对我们做大人的也是有好处的，您说对哦？她要吃，尽量满足她。

还有我们现在能在经济上宽绰一点儿了，您一直想买件羊毛衫，我想您先和桂军说一声，叫她留心买一件，要买就买一件好一点儿的，这样今年过年还能穿穿呐。这三十几块我想还是能挤出来吧。另外，桂英的六百块一定要抓紧还掉，带在身上一定要当心好。这是11月10日晚上写的。

115

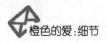

　　还有关于去吃喜酒之事,我想您能去还是最好去,同学小刘这个人很要面子,若不去他又要说什么"看不起他了"等等的话。再说您去是代表我去的,这是我的想法。

　　目前看来我的大衣是找不到了,我让领导和军需联系了一下,补发也不可能,现在只有出30~40块买一件旧的(是旧式的)或出127.30元买一件新式的。这件事我真恨得要命,为了这事好几个晚上没睡着了。我想哪个人偷了,这个人一定不得好死。弄不好,今明两年都该走的人,还给偷一家伙。现在我是处处提防了,看来是"家贼"难防啊。我估计是部队人偷的,但没有线索也不确定嫌疑人。叫阿爸、阿妈他们当心身体,望您也多多保重身体,不要太过操劳,丫头睡了您也抓紧睡。

　　祝安康如意。

您的丈夫:爱国
1986年11月11日

1986年11月16日

慧敏：

您好！

您的两封来信均已收，内容获悉，望放心。

今天的来信问是否要带一件大衣来，我想不要带来了。因为一是我准备过了元旦就回上海，也只有两个月多点；二是由于我复员的事，现在已报到师里去了，若要快的话年底可能批下来。所以我想不要再带来带去了，至于没盖的，我想办法去借一床被子，实在不行我再买一条被头，反正将来带回来也好派用场，慧敏您说对哦？

关于复员的事，我也是这么想的，只要能早点回去就是了，至于将来工作与否，我已想好了，也不会后悔的，再说有您的支持。所以我这次回部队后跟我们

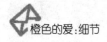

场站的领导请示,他们都说给我报上去了,至于上面能否批他们就管不了了。现在看来只有等时间了,估计批是可能会批的,我是想既然让我复员走,就不要给我拖时间了,就早点让我走。我们场站领导跟我说,如果批下来,就得马上办手续去。我说行。所以等批下来,我马上给您去封电报,您就马上过来,或者乘船到大连等我,您看如何?我们再最后一起在东北玩玩,您说好哦?

另外,关于请保姆的事,目前就只有先过渡一阶段吧,等我回来后就辞退。有一点是一定要寻一个人品好一点儿的,不要手脚不干净的。否则等家里一个人也没有了,她给家里啥东西往外拿。所以下个月来的话,先试试看,不行就干脆不要。

今天看见您的来信说,小芳晚上醒来要您抱,白天还要作困,弄得您头昏脑涨的。说真的,我心里很不好受。确实,由于我不在您这边,给您带来如此的繁长和劳累。但我想这样的日子不会太长久了吧。我

118

现在如此强烈要求复员,也是为了这个缘故,敏敏您说对哦？我可从来没有认为您是不称职的母亲,有时只是嘴上说说而已。可心里从来一直是想着让您多多休息我多做点,有时嘴喜欢说说。在这方面您可冤枉我了,我想既是夫妻,丈夫的什么性格做妻子也应该是了解的吧？

　　还有提醒您一下,您的"老朋友"二十四日又快来了,事先该买的卫生巾先买好,注意抱着小芳出去兜兜就顺便买回来,可不能临时抱佛脚。

　　我今天看了信后很高兴,因为你们母女俩已拍了照,马上就能寄来给我看了,说真的不知为什么特别想你们,以前整天在一起没感觉,一旦分离了这感觉特别强烈,就想看看照片,可现在我这里的照片又没有。所以去信叫你们母女俩照一张,寄出给我看相片,好与坏都一定得寄来给我看看。

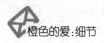

小芳已长牙了吧?预防针打了哦?另外您一定要当心身体,可千万不要生病啊,否则我在这可要急死了,晓得哦? 另外叫阿爸、姆妈他们保重身体。

祝安康如意。

您的丈夫:爱国

1986年11月16日晚8:40

老年夫妇书信往来

1975 年

9月22日

1981 年

1982 年

1987 年

1975年9月22日

明：

此前发出一封挂号信，内中有病假条及医药报销单，谅必已收到。

今天我去看病，因两腿浮肿严重，医生叫我即时解好小便到化验室化验，检查出有肾炎，故疾病转入严重，母亲意欲我看中医，现正在积极治疗。兹将病假单及化验单收据寄上。请你将此情况向蔡干事请假，我拟于国庆节后动身。

昨天荣姐来看我的病，送给我们两块纺绸，一块元青的给我做夏季裤子，一块文青的给你做裤子，送我的已拿去做，因你无裤样，故我将绸料带回以后再做。

最近母亲身体比以前好，只是向军俚又在吐血，二姐身体很差，大姐夫尚未开刀在医院住院，我近日少进盐食，身体乏力，精神较差。你的情况如何盼告。有一对夫妻代我修塑料鞋的叫我买一个钢精澡盆，但我自己和亲友都去街上看过没有此货色，只有搪瓷的，一只要17元多，因此未买。她付给我15元，已代她买好，其他应用品已寄出，等我回场后开仓分出，约余十元，如她要钱用就由你还她，不等钱用就等我回来。你告诉她，如果最近有货色好的，会代她买好带来。吕庆祥及蔡兴友托带的电池没有买到，这里现无电池、电炮。

　　母亲寄出15元及我来信连寄两个邮包未知收到否？望来信告之。我除生病以外一切尚好，你身体及近视如何盼告。匆祝

　　三好！

素音

1975年9月22日

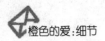

　　那对夫妻在队部对过,女的年龄有60多岁(男的40多岁,赵姓)女的姓什么我忘记了,买物情况望转告。

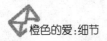

1981年10月22日(1)

秦音:

　　亲爱的,您好! 我于18日接到你的电报后,于19日上午致电并发了挂号信给你,谅已收悉。由于你的报喜电报到来,我的心情非常好,满身都是动力,虽然翻修房间搬东西累得很,腰酸痛,但不觉得累和苦。

　　为什么要赶着写信给你呢, 这因为早上碰到鲁股长,他要我拿你的平反改正通知书给他看,我回答你随身带到上海去了,他要我赶快写信给你,要你把平反改正通知书寄来。我说改正那个通知书由分场转来的,而且原单位也通知了分场,他说,你得寄原单位的改正通知书。鲁股长的脾气作风你是熟悉的,不高兴别人多问,容易发脾气,故我不便多问他,"为什么要看平反改正书? "我推测,这可能与登记、核实、补发"文革"钱有关。从去年起,鲁股长就问过不少人,也问过我,而且他的发问方式很使人受不了。这里就不多谈了,分场、登记、造表、算补发钱,搞了许多日子,而且是搞了又搞,开始神秘得很,但那些年轻人不能胜任工作,可就不神秘了,把就业人员中老会计抽去工作,这样便半公开化了。前些日子盛传马上要补发"文革"时期扣的钱,然而至今仍属"传说"而已。现在人人都说,册子早已报上去了,只等上级批下来,然而鲁股长仍在询问核实,抽去工作的人仍在继续工作,鲁股长要你的平反改正通知书,除了我上述推测的原因以外,其他方面"特殊的特殊",就很难揣测到。

如果你在上海把户口、房子事宜全部办妥,很快回厂办理迁出户口手续,则你把你的平反改正通知书随时带来(连你提前解除劳教通知等其他也带全)。但是你在沪还要耽搁一些日子,那你就将改正通知书原件及复印的都以挂号邮件寄来。

129

请你千万不要忘记,你动身返场时,先发一个电报来,以免我远念,并做好准备。

邮局的霍师傅托你买的织绒线的钩棒针一定要带来。

祝愉快! 幸福!

明

1981年10月22日

沪上友好,见面时,请代致意

1981年10月22日（2）

素音：

亲爱的，今天阴天下雨，未赶上早班车去朱桥乡。由于上帝的安排，故能及时在场收到浩然和梁弟的信，他们都是向我报告好消息。

现将他们的信都附寄给你看，在此不重复他人的信中所谈的事了。

随函附来我托顾少强先生转交二弟的信。请你考虑一下，先将我的信给统战部的同志看看，请示一下，以免错误。四弟的信也可给统战部看看。据四弟以前告诉我，二弟在离福建去台湾前，曾对他说：他去台湾后可能要改名，现在看来二弟在台湾改过名字。

房子分配到后，你可能要忙着收拾房间，水、电、

卫生等急需先装好！你的事情必定也是很长的了。

　　敬祝

　　　　　　　　　　　　　　　明

　　　　　　　　　　　　1981年10月22日

　　我是否去广州？请你考虑，电告。

　　此函之前，先写的内容是鲁股长要你将你的平反改正通知书寄来给他。信也附来。

1975 年

1981 年

1982 年

12月8日

1987 年

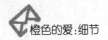

1982年12月8日

明:

　　你好!

　　我现正同芸妹住在学院的招待所内,已住下两夜,是于6日晚到宁的。拟于10日中午12时乘客轮长江上游来马鞍山,估计11日可靠岸,如当日有火车则11日下午可达宣,不然则在12日下午到安吉。因为带了些行李,切望你到安吉来接我。我想到冬季修缮即将开始了,以后你就无空上城了!所以如能抽空于12日打听好马鞍山火车时刻到车站来接我好吗?我是同芸妹同船上路的,她将去武汉大学看望二宝,再回衡阳。芸妹这次去杭州开会10天,顺便请了事假,先到上海看望我3天,泰老师热情地接待了她,她的两个儿子在6日送我们上火车。芸妹同我来宁看望他的儿子姚波,历四日。我们再一同乘船,我到马鞍山她到武汉。一路上我们谈了很多家常,心情是愉快欢乐的,也算天伦之乐吧!我近来身体日见健旺,一切请勿挂念。见面在即就此搁笔,遥祝

安!乐!好!

请你来宣,我们多看几次电影吧!到车站接我,可省2元行李搬运费。因我行李不多,提包拎得动,两个小皮箱拎不动,请你拎,其他东西已邮寄了!又及。

素音上

1982年12月8日

1975年

1981年

1982年

1987年

1月5日
2月23日
5月28日
10月15日
12月4日
12月12日

1987年1月5日

素音：

您好！

我这封回信，同一内容抄录两份，分寄平信和"挂号"信，因为平信比较快速到达，而挂号信则可免遗失。

我开始赶写材料，已请鲁股长写了证明材料。但是我于1975年获得宽释转业证明书，原来放在你那老的大的黑色书包内，而那个皮包你已随身带走了。你现在来函要我带那个证明去沪，可是我到处查找，就是找不到，真叫人心烦恼火，那个证明是非常重要的，我必须保有。请你仔细查找你那黑色皮包，如果查找到那个证件，应该赶快拿去复印，原件是不能随便上缴的。如果查不到请速来信告诉证件放在何处，以便再找。总之，我现在等你回信。在等回信的短时间里,我有许多事情要做,许多材料要写,我的眼疾严重,视力不行,动笔困难,然而时间紧迫,不能不力求完成。各方面都需要时间,故不能接到你的信便去沪。考虑到今后可能还要写材料,如果我1975年的证明文件不幸丢失了,事情更难办,则我不打算去沪。我只把写好的材料和鲁股长开的证明,用挂号信寄给你,因为我在家写材料和取得证明比在沪方便, 这也要看你的意见怎样,再作决定。请代问叶老,沈书霞夫妇,董、包二位老师好,见到胡校长请代为致歉意。

祝万事顺利! 精神愉快! 身体健康!

明

1987年元月5日

又及:你在沪寄给四弟的信,他已收到了,回信中对我二弟信中提到的亲友的情况,写清楚了,这有利于我写材料。

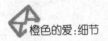

1987年2月23日

秦音：

　　亲爱的，您好！你的挂号信收到了，附来梁弟的信、小宝的信和贺年卡，以及我们在公园合摄的照片，均收到。

　　照片取景虽无特色，但因人因事而摄，故有保存的价值。你和小宝都照得较好，特别是您，顿显年轻起来了，可能是因为"希望"在放射光芒，前景光明，心头喜悦，青春焕发所致。但我这次没有拍好照，照片上的我苍老很多了，满头银丝，衬以凹胸凸腹，呈现苍态难堪的样子。问题出在我当时不仅没有注意仪容姿态，站时胸部后仰，而且听任摄影师的摆布，"叫怎么样就怎么样"，可是缺乏个性特征，这是我拍照拍得最差的一次。

梁弟上次提到在台亲友情况的信,我在去吉早已收到了。那时我长于写材料,赶往上海,一时疏忽,故未复信,劳他远念。此后在给你、给我的信中询及,我现已去信说明情况。梁弟那封信来得及时,因为我上交材料,与统战部门谈话,都需要把我在台的亲友情况说清楚,我仿佛记得在何时,曾告诉你,我已收到梁那封信了,并且择要转告那信中所说的几个亲友,例如二弟媳尹潇男的,内弟尹宏增全家已由台迁往美国定居了。又如我三姨的儿子薛云堂原在台邮电部门工作,儿女均受过大学教育,成家立业了,家境较好。再如我外婆家亲戚杜文蕴,在台北有点名气,是江西同乡会会长,并开了国际旅游公司、大酒店,等等。这些亲友的情况我已写上材料,上缴统战部门了,因此我不必将梁弟的信附寄给你,以后再复印,来得及。

梁弟说得对,你要坐在上海等待,我也持这种看法,抓住时机,盯牢有关组织和负责同志,上海市委

既然决定在党的十三大召开前基本完成落实干部政策任务,时至今日,不会"走过场"①,走过场也不必等到今天来"走",迟至今天"玩笔架子"那会大失人心,违反中央政策的。因此对上海市委的决定,是可信赖的。但希望你千万注意自己的态度和争取个人利益的方式方法,因为是我们"有求"于别人,所以一切不可给人以颜色看。即使别人做事不周到之处,甚至失误,乃至有点"对我们过不去"的地方,你也要沉住气,耐着性子,冷静下来,避免正面的冲突。待回来后自己仔细分析研究,向别人请教,求得机会,铺平道路。无论如何,不可争吵,特别是不可与组织闹翻②。

我要严肃地提醒你注意:对于胡校长,要尊重她,信任她。我们应该感激她。现在你的问题能进展

---

① 形容办事只在形式上过一下,却不实干。只是表面上做做样子,不具有实际行动的意义。

② 以退为进,讲究策略。

到目前"有希望"的地步,除了党的政策在贯彻执行以外,胡校长出的力是较大的。她勇于亲自抓你的问题,是责任性的表现,也期望能抓出成果来。如果抓不出一个名堂来,对她的威望也是有损的。这点,你必须有明确的认识。故不存在"敷衍塞责"的疑虑,何况你的问题是早遗留的,长年累月下来,问题确实棘手难办。别人要推是很容推脱的。我认为胡校长虽属基层领导干部,但她思维较广阔,干事干练颇有才华和魄力,可以信赖她会把事情办好的。当然你也应对她推心置腹,争取她的好感。你应知使人乐意想方设法努力为人工作,其质量是高的,效果是大的。反之,别人在压力下或在"不同情你"的情况下,勉强地工作,那质量是差的,效果也是很小的,要打折扣的。每个人都有个性,共产党党员还要求有党性,仅从这方面来说,你千万不要放任你的个性,要求别人顺从你的意志和脾气。我们对人和事应该有清醒的头脑,也就是说,要保持一定的警惕性,然而绝不可疑虑过多,

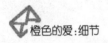

特别是那没有经过客观实践检验的、主观上的臆断，一定要杜绝。

在解决事物问题的过程中，我们应该找同学、同事、朋友帮助，也可走访"信访部门"，甚至向更高级的组织部门呼吁解决问题，但这要看问题是否"搁了浅"。解决问题需要一个过程，处在问题顺利解决的过程中，那就不可乞讨上级压力，使承办工作同志受到打击，伤了自尊心。当然，问题难以解决时，受到外来干扰时，那也应向多方面求援助，多渠道疏通。如果能得到那些有豪侠心肠的热心人士，党性强的、威信高的负责干部的帮助，则对问题的解决是有裨益的。不过，无论通过哪种渠道，哪怕"上级批下来"最后归结到仍由你所在基层单位办理，基层组织是做"具体工作"，上级和其他有关组织只是起督促、协调作用，由此而言，"落实政策"的好与坏，是与基层组织单位执行的态度有着密切的关系①。

---

① 关系与办事之道。

1987年

　以上，我写得有些啰唆，提供你参考，我不能说"都说得对"，但是那是有针对性的，是经过考虑才说的。

　我这里会注意身体健康，与保护自己的眼睛，不会多看书报，看电视时也会保持高度警惕性，选择好的节目看，眼睛稍有疲劳感觉即闭目养神，一切都好，请释远念。

　庆良夫妇、叶老、书霞、爱芳，感谢两位老师，见面时请代为问好。

　祝

　万事如意！身体健康！生活幸福！

　　　　　　　　　　　　　　　　　　明
　　　　　　　　　　　　　　　　1987年2月23日

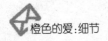

附及:

请打听"青春宝"①的价钱,以便将来和娘娘结账。

对我们将来兼职工作,现在就要开始注意去找。

梁弟来函,说他已收到你汇给他小孩子过春节的四十元。

_____

① 青春宝是一种延缓衰老、健脑安神、增强思维能力、消除疲劳,增强对环境的适应能力及防病抗病能力的药物。

1987年5月28日

素音：

　　亲爱的，您好！你的挂号信和平信均先后收到。附来陈鹤琴先生诞辰九十五周年纪念专辑，所有文稿我拜读过一次。我曾多次对你谈过：陈鹤琴先生的道德文章，确实值得我钦仰！我认为当今思想、学术、教育界对陈先生的评价，特别是对陈先生的教育理论体系的整理，开发工作，还未积极、全面地进行。这较之对待陶行知先生的思想学术研究比较活动，就全国范围来讲，无论规模、次数、辐射影响，都是比拟不上的。迄今为止，对陈鹤琴的尊崇、评价是不够的！原因是多方面的，然而缺乏有名望的政界和学术界的"权威"人士的倡导是很有关系的，在一定程度上，也欠缺真正钦仰陈先生而肯做实际工作的"工作

干部"。

由于久雨,而且不断地暴风雨,故现在住房经常漏,"小菜教"①来修,由于他们工作马虎,修这儿漏那儿,越修越漏。我们厨房后窗裂缝坠砖,早晚要调,确实危险。我去年就反映过,他们说"待今春来修",然而负责人换了,什么事便"推",现在石管理员"推"说没有水泥材料,需要慢慢解决,使我不能不与他争辩起来。鉴于"吵"不是办法,而且据说墙开缝的住户不限于我们一家,头头孟家也有"墙有缝,需要修"的情况,因此,我就不再提修墙之事了。

前封信中,你问到娘娘信的事,我在接到你的信后,迅即将附函送给她,她没有回信给你,我不知道原因?从各方面来看:她对我家并不特别好,事实上,为我们看管房子的人和邻阿姨对我家却是"另眼相待"的,你也应写信问候人家②。

---

① 房屋修缮工作人员的绰号。
② 以德报怨。

这两天(暴雨前)的闷热,使我感觉到"酷暑"即将莅临。我们的户口"批下来"还要等待。而"等待"二字意味着尚有一定的时日①。因此,我想把你盛夏穿的衣裤邮寄给你(如新的灰白色绸长裤、蓝色绸长裤,等等)。如果你认为有必要的话,开个单子来,顺便捡出,寄发邮包。

　　你要我写"谢谢"别人的信,我认为不必此举。因为我是靠你而认识他们的,他们眼目中认我只不过是你的情面,故不必。因为你得到他们的照顾而由我来写感谢信,写了反而显现旧式的以丈夫为主的格调②。当然,如果我有零的事情托他们时,我可以顺便提到,但不必来函提到。不过,你应该对他们经常讲:"刘明要我代为问候"的话,以上意见,我的出发点是免去"老套"待以后我去看人家时,带上点特产去较为合适。

---

① 十年了,还在等待。
② 男女平等。

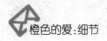

前几天,我到总场去看病拿药(主要是拿药),特地去看望老陆和睿英。在他们家吃饭,老陆感冒在床上休息,一切由睿英招待。我本不想耽搁,何况老陆还有病,但他们坚持留我吃饭,只好领情了。睿英问补发"文革"期间生活费的事情,珂秀传"二分场"要发,而三分场传总场"要发",所以产生此事,这是盼望的人做的"手足"①。实质问题,是怎样"催"也无用。因为现在上面缺的是钱,特别是我们单位,就是上面发了钱下来,他们也会移作他用的。睿英还说:"听讲落实平反政策的人,这边不发,由原单位发",这种传说,更不合科学逻辑。讲起来世界上普遍是有所为"冤狱赔偿",但对平反了的人要发"赔偿"钱的话,那就不限于"文革"期间的一点,可谓"补发"生活费了。余客后告。

---

① 指为达到某种目的而暗地里进行的某种活动。也有施展手段,指暗中耍花样的意思。

请保重身体, 祝

万事如意

明

1987年5月28日

请代为问候书霞、庆良夫妇, 以及沪上好友, 见
到胡校长代致敬意!

1987年10月15日

明:

亲爱的,你好!

今天刚发出一封挂号信,今晚回到河滨大楼又接到你腌好肉的平信。为了便于你收信后赶快办理迁居事,故此特写此平信给你。

我在挂号信上写的几件事,务必办到的有以下的邮件:

(1)上海竹木非常紧张,寸木难得,因此要你将你休息的竹躺椅带来,我量过房间的尺寸可以安放得下(因为胡校长答应我们有大箱子等,可以放在学校里)。

(2)竹节义子四根,及晾衣的竹竿务必根根带来,木头、木棒,统战部送的木床架子两根,以及厨房里最小的木锅盖,几根木条钉的一尺见方的东西,小木凳、小竹椅全部带来。

(3)四个箱架(内一个被箱架已坏的)都要带来,因目前我们的房屋装修一新,厨房因无材料尚未动工,急等一些木根木棒备搭阁楼的材料以便放置杂物。煤气一时申请不到,暂在邻家使用,算一半费用。

(4)我们的三张三层板,系五年前李技术员代购的,务必带来。

(5)墙上钉的大小钉子,特别是所有带钩的钉子都是我花钱在洪林铁匠店打的,全部带来,还有铁钩子(上海无铁匠),也要带来。

(6)木炭用麻袋盛好带来。

(7)请你事先与于乐水联系好问他的意见最好,务必当天到达上海闵行路我们家。那么动身那天不需太早,沿途稳步慢行以保安全。上海市规定外省车(即晚六时)后即可进入市区。不用先到停车场办手续。我们家有三位主内弟兄、姊妹帮忙烧饭,照看行李以

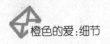

及在门口、弄口候车。务必请司机帮忙。

(8)略

(9)有关上车、下车各项费用,我均筹划妥当,不用你操心,但车行半途吃午餐时必定招待司机师傅丰厚些,我们这次搬家是最后一次远迁,不可对人怠慢,花点钱是必要的。宁可今后自己过"日子"紧缩点,司机千万不可中途喝酒,务必劝司机师傅行车礼让三先,稳驱慢行。好在一天的时间是足够的,我们诚恳待人,是能得到人家协助的。

(10)动身前务必请看三天气候,即是动身前一天不是雨天,行车这天不是雨天,到家(上海)不是雨天,才动身。我当然希望你同我一起在沪度过1988年的元旦。我为什么要你看三天天气,即第一天下雨路滑不可行车,第二天动身更不可行车,第三天我们要整理行李也不要雨天。那么为了方便行车,即使是过了元旦来沪,也无妨,一切以安全为主。

(11)切望你来电以备照应安排一切。最后

祝

一路顺风!

素音 上

1987年10月15日

务必请你动身前多多休息，数天养息。

汽车上务必底部铺好稻草上面遮好塑纸，用绳捆住车身，塑纸在绳下面不致吹去。

付给于师傅一信如语句不妥请修改另写，实际我们以事先商量的30元酬谢。信上是客气话。

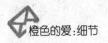

1987年12月4日

明:

亲爱的,您好!

昨天送你走后我到41路乘车处吃过点心,又回去睡觉到九时许,始到大车门找到高师傅,他答应我下车搬运一切由他负责,并亲自到停车场去迎车。今天我来大楼找爱芳,她不在家,故在邮局写信给你,等一会儿再去找她,据她说二楼有木匠,我请他装锁和钉隔板。

前天一天你是很累的,晚上又没睡好觉。昨天一早三点多起床火车上又没睡处,你更是疲劳,但不知你是否在当天到达二分场,身体如何,甚为挂念。

连日来上海居民纷纷议论说:"猪肉供应极少,每人每十天肉票一元(即半斤),一个月每人一斤半肉,我们一月两人为三斤肉，因此大家纷纷购买咸肉，而且目前咸肉也买不到了！自由市场的活鸭猛涨到2.90元一斤，鸡也不例外。为此我想到我们佐餐以肉为主，好在你尚未动身，就请你迅速请乔股长（乔峰的妈）陪同你到二分场或是洪林桥肉摊购买一只后腿，蹄髈（约十斤）左右，十来斤肋条肉（即五花肉）用咸盐腌好装进一个塑料袋带来。那么我们可以每天割一小块烧豆腐和其他菜吃，较为节约。要请你同乔股长去的目的在于她识货，猪肉要买皮薄的，厚皮则是老母猪，肥肉太厚的是200斤以上的猪也不好吃。肥肉薄皮的是百把斤的肉比较好，务请办到。

我们墙上有很多大钉子、钩子，拖粪柄、木棍、扁担……竹竿均必须带来，上海市找不到铁匠的，斧头必须带来。

我明天就搬入新居，一切会抓紧时间办的，请放心。居民住户证已盖好公章，装入友人的保险箱，请放心。

　　下午准备为小包购买羊毛衫。过几天我会拍电报给你，你可听天气预报动身，也必须买好保暖的衣衫。

　　好，再见

素音

1987年12月4日

　　装车前务必垫草，装好车务必盖塑料布，并用麻绳及于师傅的绳子网在上面以免被风吹失。

1987年12月12日

明:

亲爱的,你好!

我今坐在好姊妹的住房内为你写信。前晚我从自家的住房搬到河滨大楼暂住,古姐告诉我:刚才收到你的信和电报(信:12月5日)(电报:12月10日)。她说:"本当即刻送交我手,无奈疲惫不堪,正好你来了,交付你手。"也正好是我们住房修理装潢告结束的时刻。

自你走后,我奔走了四天,为修整房屋事毫无收获,不得已到学校找胡校长求援,一找到她、二找到包老师、三找到董老师,他(她)们都极为关心,胡要后勤组给一大包水泥,董、包为我找到同事的儿子(学校同事的顶替的儿子,木、泥、电工)为我们买了

最好的三层板、钉楼板,用白漆漆上三次,四方墙壁也用白涂料白漆粉刷一新,窗子用草绿色漆,这样显得光亮洁白,找来了四邻八舍都说这间房是作为新房使用的,真够漂亮,我感到满意,只是地上还未漆好,原因是漆了不好施工。让我自己由里到外边漆边退出门口。问内行说两天后等到漆干可住人。电表已买好,已先装上住房的有日光灯、厨房的灯,小蜡烛灯三盏。由于台灯放在书案上的,没有买好故暂不装。整整四天工夫办好了这些事,真够紧张。这两位青年看在我是他们母亲的同事又吃了很多苦的份儿上,紧张施工,毫不怠懈,一不喝酒二不抽烟,也不饮茶水,真是两个好青年。但我每天中午招待他们到太湖饭店吃餐好饭,晚饭和早餐各自在家吃。另外买点水果,所费有限。胡校长一再要求我申请补助,我挨到买齐装修品将发票附上,旅馆费用附上,一并作为报销。在施工阶段我搬到自己房内独住。以便早起为两青工做小工。他们走后我要洗净工具收拾完毕睡觉，确实很累。最后是油漆气味难当，故住到好姊妹家，以保三日后回家。

你走的前夜，旅馆青年们打扑克到通宵。那天一整天我们又去找人准备下行李，清晨五时你即要上车，这样的劳顿，我生恐你被累倒（因你经常脱肛），为此我未及早收到你的来信，心中十分牵挂。

由于材料不够，我也不好意思再去麻烦领导，因此厨房的装修待我们搬家后再搞吧！好在邻居待我极好，数天来我们接触中才了解到邻居们不是一般水平，他、她们的职业、修养是高尚的，两位楼上居住的人家告诉我：他、她们住了数十年从未听到吵架声。我来了几天，他们认为我们一家也是好的。近来我的好姊妹、弟兄来访，古也来了，他们见到这些人物均认为我们的伙伴们都是好的。我们住在上海最大的菜市场旁买菜方便，东有大名路我们的羊同事，南面有我从小在一起长大、亲如手足的姊妹（天潼路），西面有古爱芳，而北面有我们意想不到的、大学

同班同学好友安家,即请我们吃团圆圆子的那一对。

上海的竹木困难,因此我们那种竹子上长节的叉子要全部带来,我的学生妈妈家很想弄一根二三尺长的竹节叉子弄不到,竹竿、扁担、打狗根子、拖把根子,装在墙上的挂扁担的木搁,零碎木头,统战部门送给我们的床架(两根有洞的六尺长的木头)请李技术员代买的三块三层板,厨房里有一小圆形锅盖,还有一方块(用三四条小木条钉的)木栅约一尺见方大小的东西,也要带来。这里可用在水龙头底下垫盆。以及四个箱架,大箱架虽坏了但带来可以做厨房上的直档,要知道上海寸木不易。竹小椅、小方凳都带,以上我写的种种请逐条对数一一不漏带来上海,放心解放牌汽车是容得下这些东西的。

记得可能是四日我写了两封平信。一封信给你,一封信给乔股长,是说明上海的猪肉供应紧张,每人十天供应一元钱肉,咸肉已买不到,鸭子也买不到,据说是店家收买去做酱鸭,鸡买得到,但是我们都不吃鸡,很多人就写信给江苏、安徽的亲人要他们腌肉寄来。我们目前正好有行李车下来,你务必购买十多斤的猪腿用盐腌好,十来斤五花肉也用盐腌好,装进塑料袋内随车带来,今后我们烧天津白菜、豆腐都可以用上它。不然,罐头既贵又不新鲜,我们吃荤菜很困难,鱼大幅度涨价,肉务请千万腌好带下,钱不够可暂时向老邵或鲁股长协商,暂借一下,从一月份工资中扣除。

至于我的身体吗?在你走后的几天奔波中早已不支,那天请到两个青工,又因劳累过度,坐在17路公共汽车上几乎呕吐晕倒。还好,一下了车,即恢复正常。一星期来已渐好转,这两天是在姊妹家修养享受阶段,请放心。危险期已度过了,这是老天扶助了我。

这几天上海的天气渐暖,望你尽快收拾赶路,最好是在20日以前到沪。休息几天,准备迎接元旦。

汽车牌号已记下,备接车。

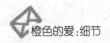

最后告诉你我问过司机同志多人，他们说长途汽车在晚上六时以后可进到市区里来不要办任何手续，或是进入任何停车场，那么这就很便当，请你与于乐水师傅协商，车子由安吉二分场八九点钟开出，可历8~9小时到沪的话，约在下午四时到五时，六时后进到市区，〈略〉，可问清他是从哪个方向进站以便接车。

另：再告如果要办停车手续，要到广中路海军司令部去办，仍要到晚上六时后进入市区。由于我们的行李恐放不下，胡校长已答应大箱子和两个木条钉的装电风扇电视机的东西放到学校里去。这样必须将此三件放在车后方，以备汽车先开到皋兰路放下此三件东西后再开到闵行路，我已量好房间尺寸，其他东西放得下的，一定要带来。那把竹躺椅也能放下，必须带来。好再见。望接信后即通知冯股长备车，陪同阿毛去买好猪腿肉、肋条肉腌好带下。

祝

一路顺风

胜利归来

素音 上

1987年12月12日

请在本月20日以前到沪,米尽可能多带。我每天等待在家。

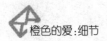

后记

这是一套"编"的书,但"编"却不易,所以要写个后记,为我能"编"此类书而表达谢意。

我要感谢复旦大学的校领导,2011年10月8日,正是校领导的直接支持,我才有机会成立复旦发展研究院当代中国社会生活资料中心,启动搜集中国民间资料。感谢复旦发展研究院的领导与工作人员,他们一直全力支持中心的资料搜集工作。感谢复旦文科科研处在我缺少经费的时候,总是千方百计提供及时的帮助,确保书信的搜集一直没有中断。

我要感谢中国哲学社会科学基金会,他们为我的资料搜集工作立了2012年的国家重大项目(项目名"当代苏浙赣黔农村基层档案的搜集、整理与出版",批准号12&ZD147)。本丛书的出版是该项目的中期成果。

我要感谢上海斯加自动控制有限公司石言强先生与北京退休老干部蔡援朝先生,他们为资料中心打开了书信搜集的渠道。

我要感谢美国加利福尼亚大学洛杉矶分校人类学教授阎云翔先生,感谢他负责组建的国际学术委员会,国际一流学者的参与将有利于书信的研究与解读。

我要感谢资料中心研究员李甜老师，他一手负责了书信搜集的具体工作。感谢我的博士生陆洋、郑莉敏，她们为书信搜集做了很多工作。感谢来自现哈佛大学博士生朱筠，她是最早的书信整理志愿者，这里出版的部分书信就是她输入的。感谢所有来自美国、中国的书信研究的志愿者们，你们的热情总是给我以动力。感谢上海著名的知识产权律师为资料中心提供的律师文件，为家书出版提供了法律支持。

我要感谢天津人民出版社的社长黄沛先生、副总编辑王康女士，感谢本书的责任编辑郑玥、特约编辑王倩，你们辛苦了！

最后我想说，这套书出版了，复旦发展研究院当代中国社会生活资料中心以及所有人这几年的努力都值了，因为这套书表达了我们一个心愿：我们所做的一切，都只是为了那"永不消逝的爱"！

张乐天

2016年12月10日于沪